마이너리그에도
커피향은
흐른다

마이너리그에도
커피향은
흐른다

초판 1쇄 인쇄 · 2014년 02월 15일

지은이 · 김영배

펴낸이 · 이승훈

펴낸곳 · 해드림출판사

　　　　주소 · 서울시 영등포구 문래동1가 39번지 센터플러스빌딩 1004호

　　　　전화 · 02-2612-5552

　　　　팩스 · 02-2688-5568

　　　　e-mail · jlee5059@hanmail.net

등록번호 · 제387-2007-000011호

등록일자 · 2007년 5월 4일

ISBN 979-11-5634-008-9

마이너리그에도 커피향은 흐른다

우리의 젊음은 가고 없어도 잊을 수 없는 순간들

김영배 수필집

오케스트라에서도 어느 음이 무한정 올라가면 트럼펫이 그 음을 자연스럽게 당겨주고,
반대로 첼로는 어느 음 이하가 되지 않도록 음을 지켜 준다고 한다.
인적 네트웍이라든가 지인 관계가 그리 폭넓지 않았던 내 삶의 울타리를 지켜준
트럼펫과 첼로는 문학이었다.

해드림

내 삶의 울타리

지천명을 지나는 내 인생을 반추해 본다.

어려서는 내성적인 성격에 남 앞에 내 자신을 드러내는 것을 싫어했다. 타의에 의해 내 자신을 드러내는 순간에도 어서 역할이 끝나면 다시금 뒷자리로 돌아오려고 애썼다. 지금도 그러하지만 어려서도 새 옷을 사거나 새 구두를 사면 즉시 입거나 신지 않는다. 마음속으로 몇 번 입거나 신어서 낡았다 싶으면 그때서야 꺼내어 착용을 하였다. 검정색 양복과 하늘색 와이셔츠, 그리고 군청색 셔츠만을 좋아할 정도로 남에게 띄지 않는 색상을 선호했다.

사춘기를 지나 사회에 첫 발을 내딛는 순간에도 나는 항시 주연보다는 조연을 원했고 가능하다면 관객으로만 살고 싶었다. 성인이 된 후에도 남과의 경쟁에서 승리자가 되기보다는 심판이 되기를 바랐다. 이렇듯 가능하면 철저히 내 모습을 드러냄이 없이 조용히 살고 싶었다. 그렇다고 아웃사이더로 살았던 것은 아니다. 다만 이슈의 언저리에서 마이너리거로 살아왔을 뿐이다. 내 자신 스스로 겸손을 내세워 마이너리거로 살고 있는 것은 아니다. 내 능력과 성격 그리고 가족과의 라이프스타일이 맞아 떨어졌던 것이다.

앞으로 내 삶의 목적은 트렌드의 정점에서 언제나 빛나는 보석이 되기보다는 잊히고 지나간 가치들이라도 다시금 껴안아 보려는 빈티지(Vintage)적인 삶을 추구하고 싶다. 그리고 예술적 감성을 키워가고 싶다.

오케스트라에서 어느 음이 무한정 올라가면 트럼펫이 그 음을 자연스럽게 당겨주고, 반대로 첼로는 어느 음 이하가 되지 않도록 음을 지켜 준다고 한다. 인적 네트워크이라든가 지인관계가 그리 폭넓지 않았던 내 삶의 울타리를 지켜준 트럼펫과 첼로는 문학이었다.

지천명에 이르는 동안 흔히 말하는 보릿고개도 안 넘었고 전쟁이나 혁명의 소용돌이에서 산전수전도 겪지 않았지만 나또한 희로애락의 삶과 질곡 된 내 청춘의 시절을 거치면서 문학이라는 멘토를 얻었다.

등단 후 10년 정도 좀 더 문학적 내공을 갖추고서 첫 수필집을 내려고 했었다. 하지만 개인 회사를 창업하고부터 문학 수업은 자동 중지되었다. 그러나 문학의 열정은 시들지 않았고 마음속으로나마 미완의 열정으로 남아 있었다. 이제 미완의 열정을 다시금 열어보고 싶다.

내가 쓰는 수필은 생활 속의 이야기를 일기 쓰듯이 전하는 산문이라는 범위로 문학의 거대한 존엄을 조금이라도 털어내면서 첫 수필집 출간에 용기를 내었다. 수필집 출간에 격려를 보내주신 분들께 감사의 말씀을 전한다.

아름다운 백작

이기순
시인·수필가

　사람을 가리키는 호칭은 다양하다. 일반적으로 상대방을 존중해 높여 부를 때 흔히 '사장'이니 '선생'이니 하는 용어를 자주 사용한다. 본래의 의미야 실제 사장이란 직함을 가지고 있는 이나, 일선 교육 현장에서 학생들을 가르치는 일에 종사하는 사람에게나 쓸 수 있는 말이겠으나, 인간관계가 다원화하고 사회가 발달하면서 특정 언어가 일상적 용어로 그 의미가 확장되고 전이(轉移)되는 경우가 허다하다. 그렇다고 아무에게나 존칭의 용어를 사용하지는 않는다. 그만한 학식이나 덕망을 지니고 있고, 또 그에 걸맞은 인품의 소유자라로 인정될 때 우리가 불러주는 것이다.

　김영배 수필가에 대한 호칭은 '김 사장'도 '김 선생'도 아니다. 일상 호칭으로는 낯설고 드문 용어로 그를 오랜 동안 '광주백작'이라 불렀다. 문인회 모임을 통해 만난 지가 10년이 넘었는데. 처음 만날 때부터 이 호칭을 사용해왔다. 누가 맨 먼저 불렀는지 뚜렷하지는 않지만 초기부터 모두가 그렇게 불러왔다. '광주백작', 이 얼마나 신선하고 고고한 기품의 호칭인가. 참으로 김영배 수필가에게 어울리는 적절한 말이다.

'백작(伯爵)'은 고려 시대에 상류 지배 계층을 다섯 등급으로 나누어 부르던 작위의 하나다. 상위로부터 공작, 후작, 백작, 자작, 남작으로 구분한 것 중 중간 등급을 가리켰으나, 고려 말 공민왕 대에 이르러 없어졌다.

내게 '백작'이라는 용어가 귀에 익숙해진 것은 소설『몽테크리스토 백작 Monte-Cristo 伯爵』덕분이다. 19세기 중엽 프랑스의 작가 알렉상드르 뒤마(Alexandre Dumas pere)가 발표한 소설로 우리에겐 신소설『해왕성』이나 김내성의『진주탑』으로 번안되어 유명해진 작품이다. 중학교 시절『진주탑』에 빠져 밤을 꼬박 새우고 다음날 그냥 등교한 경험이 있었던 만큼, 주인공 몽테크리스토 백작은 우상과 같은 존재로 내게 각인되어 있던 이름이다.

백작이란 이미지가 주는 귀족풍의 위엄과 권위는 그대로 김영배 수필가에게로 이입되었다. 단아하고 깔끔한 외모와 언제나 온화한 미소로써 상대방을 편안하게 해주는 모습이 몽테크리스토 백작과 오버랩으로 일치되었다. '광주백작' 그의 일거수일투족은 언제나 문우들 간에 남도(南道)의 신사(紳士)로 통한다.

첫 수필집 출간을 축하 하며, 수필계의 메이저리거로 도약하는 구름판이 되기를 바란다.

새 봄이 오면

김진시
풀무문학회 회장

새봄이 오면, 헐지 않은 제비집에서 제비가 알을 낳기를 기대하는 마음이다. 일찍이 추사체로 유명한 완당 김정희 선생님은 인생의 즐거움을 一讀, 二色, 三酒 라고 했다. 일상에서 책을 읽다가 좋은 구절을 인용하여 사랑하는 연인에게 편지를 쓰면서 애정을 더하고, 술잔을 기울이며 친구의 이름을 부를 때가 참 즐거움이리라.

오늘 김영배 선생의 첫 수필집 출간 축사를 쓰는데, 마치 연애편지를 쓰는 애정이 샘솟으니 평소 내 마음을 얼마나 빼앗아 갔을지 짐작 할 수 있으리오.

축하 글이지만 오늘만큼은 그를 '사내' 로 부르고 싶다. 그렇게 부르게 된 정(情)을 그가 이해해 줄 것으로 기대하면서……

우리는 사내를 '광주백작' 이라고 부른다. 사내는 정작 '명동백작' 의 유명세를 흐릴까 하여 자신이 백작으로 불리는 것을 삼가는 배려심이 그 가슴속에 들어 앉아 있다는 것도 안다.

사내는 고향에 계시는 어머님을 자주 찾는다. 몇 해 전, 시골집 처마에 제비가 집을 짓자 홀로 계신 어머님께 이웃이 생겨 더할 나위 없이 반가운 일이라며 좋아했다. 새봄에 박씨를 물고 오지 않더라도 좋은 짝을 데리고 다시 찾아 와 지지배배 지저귀며 홀로 계신 어머님을 심심치 않게 해드렸으면 하는 마음에 제비집을 허물지 않고 그대로 두었다는 효자이기도 하다.

　못난 남편 만나 처녀 적부터 직장을 다니며 고생한다는 아내를 위해 하트 올린 캬라멜 마끼야또를 주문하는 로맨티시스트, 하지만 백색의 커피 잔에 커피를 받쳐 주는 것조차도 쑥스러워하던 사내, 아내의 생일을 챙기지 못하면 다른 일에 집중 할 수도 없다는 애처가이다.

　'고슴도치를 기른다는 것은 짝사랑을 배운다.' 는 아이들의 말에 귀기울여주고, 책을 통하여 마음을 이어가는 자녀 사랑에 남다른 애정을 보인다. 이처럼 사내의 삶은 가족 사랑이 첫 번째다. 세월 탓에 노약한 어머님의 기력이 안타까워 슬프고, 형제들 무탈함에 감사하는 이 사내는 우리의 우상 광주백작이다.

미래의 세계는 '글로벌 원-월드(Global one-world)'로 연결되어지는 가치가 국가의 경쟁력이 될 것이라고 주창하는 경제인 김영배, 이미 원-월드의 소프트웨어인 컴퓨터 프로그래머로서 수많은 컨설팅을 감당하느라 자정이 넘어서도 일에 매달려 있지만 간간히 밀려오는 고독을 즐길 줄 아는 매력이 있다. 5도 2촌을 실천하려고 안식할 곳을 찾아 나서지만 오토캠핑장까지 일거리를 들고 가는 현대감각이 뛰어난 사내다.

헬렌 켈러의 이야기처럼 '지금의 문을 닫고 나서면 새로운 다른 문이 열린다.'라고 믿는 사내는, '가물거리던 별빛마저 잠이 드는 밤하늘에 이름 모를 새 한 마리 슬피 울며 외로이 날아가네.'라는 최백호의 '고독'도 진공관 오디오를 통하여 즐겨 듣는다.

오늘처럼 눈이 내리고 흐린 날엔 동경의 간다(神田) 거리를 걷고 싶은 사내는, 전화 안 되는 곳에서 3일간은 무념으로 호흡하고, 일주일간은 마음껏 독서하며 글을 쓰고 싶은 완전한 남자를 추구한다.

사내는 정우성이 출연했던 영화 '호우시절'을 보는 낭만적인 감성을 가지고 있다. 두보의 '호우지시절(好雨知時節: 좋은 비는 때를 알고 내린다.)' 시구처럼, 수필가 김영배는 이제 때가 되어 책을 펴낸다.

　만나면 다정하여 매력이 넘치고, 보내면 서운하여 또 다시 불러보는 남자, 그는 진정한 이 시대의 '신언서판'을 갖춘 문인다운 문인이라고 믿고 있다.

　오늘은 눈이 내려 설요일(雪曜日)이다.

　새봄이 오면 사내의 고향집 제비집에 짝을 만난 제비가 돌아와 알을 낳고 새끼를 키울 것을 기대하면서, 첫 수필집 출간을 진심으로 축하한다.

제1부 마이너리그에도 커피 향은 흐른다

제4부 따스한 가족의 그리움

제5부 뒤 돌아보는 여유

1부

마이너리그에도 커피향은 흐른다

낙엽처럼 쌓이는 그리움

금방이라도 빗방울이 떨어질 듯한 먹구름이 잔뜩 우수(憂愁)를 머금고 있다. 평소 흐린 날을 좋아하지만, 흐린 날에도 충만한 마음이 드는 날과 황량한 마음이 드는 날이 있다. 충만한 분위기에서는 혼자라는 사실이 즐겁기까지 하지만 황량한 분위기에서는 군중 속의 고독을 느끼게 된다.

주말이건만 딸아이는 미술 학원에서 나갔고 아들은 영어 학원에 나갔다. 직장에서 교육위원을 맡은 아내는 일주일 내내 간호사 보수 교육 준비에 밤낮없이 몰입하더니 어젯밤부터 곤한 잠에 빠져있다.

이럴 때 나는 홀로된 듯한 고독에 갇히게 된다. 사람이란 항시 함께 어울릴 수만은 없는 존재고 홀로된 인생의 길을 걸어가는 숙명을 안고 있다지만, 혼자라는 사실이 무료함이 아닌 고독으로 느껴질 때의 내 마음은 더더욱 황량해 진다.

홀로된 고독을 떨치고자 인근의 호숫가로 산책을 간다. 오늘따라 평소에 느껴졌던 여유롭고 고즈넉한 호수의 정취는 보이지 않는다. 싱그러운 초록의 수채화는 어느덧 퇴색된 풍경으로 바뀌었고 마지막 잎새를 떨구어 나목(裸木)이 되어가는 스산함에는 가을의 끝자락을 느끼게 한다. 휑한 시야에 흐르는 가을바람 속으로 진한 쓸쓸함도 함께 흐른다. 시린 손을 호주머니 깊숙이 넣고 발걸음을 옮기는 데, 불현듯 내 마음 또한 쓸쓸해진다. 몇 조각의 낙엽만이 뒹구는 벤치에 앉아 미간에 힘을 주어 긴 호흡으로 마음을 가다듬어 본다.

낙엽처럼 쌓이는 그리움 / 김창동

그리움이 낙엽처럼 쌓이는 이 가을
내 사랑 말없이 지는 칼날 같은 아픔에
영혼이 울고 있다

사는 것은 만남과 이별의 연속
슬프단 말도 고독하단 말도
가슴 적시는 눈물처럼 삼키며

오늘 이렇게 국화주 한잔에 붉게 취해
쓸쓸히 아주 쓸쓸히
낙엽처럼 쌓여가는 그리움을 보고 있는 것은
그날의 사랑이 너무나 고와서이다.

그렇다, 그리움이 낙엽처럼 쌓이는 이 가을에 나 또한 낙엽이 지는듯한 상실감이 무겁고 어두운 삶의 독백으로 다가선다. 침묵과 싸늘한 가을바람이 빚는 아릿함이, 가을이라는 회상의 계절에 철지난 겨울바다를 본 듯한 쓸쓸함으로 다가선다.

어느 글에선가, 삶에 지쳐버린 많은 사람은 그동안 자신에게 시간을 주지 않았기에 가을을 좀 더 겸허히 보라고 하고, 가을하늘 보다는 가을 호숫가에서는 내 자신의 마른 미소를 바라보라고 한다. 벤치 앞 호숫가를 유심히 바라본다. 수면에 일렁이는 그늘진 물빛을 따라 물끄러미 바라보는 수면 아래에는 때아닌 봄날의 동요가 동심 속의 그리움으로 흐르고 있다.

> 시냇물은 졸졸졸
> 고기들이 왔다갔다
> 버들가지 한들한들
> 꾀꼬리는 꾀꼴꾀꼴

벤치에서 일어나 더딘 발걸음을 정자각으로 옮겨 황금빛 잔디에 두 다리를 펴고 앉아본다. 결실이 영그는 잔디의 감촉이 외할머니 손처럼 탄력을 잃었다. 황혼의 빛을 잃어가는 적막감 속으로 한 줄기 바람이 스친다.

날이 갈수록 / 김상배

가을 잎 찬바람에 흩어져 날리면
캠퍼스 잔디위엔 또다시 황금물결
잊을 수 없는 얼굴 얼굴 얼굴

하늘엔 조각구름 무정한 세월이여
꽃잎이 시들 으니 젊음도 곧 가겠지
머무를 수 없는 시절 우리들의 시절

루루루루 세월이 가네
루루루루 젊음도 가네

동심의 세계와 젊음의 시절도 한 줄기 바람 따라 흘러갔지만 그래도 남아 있는 건 사람에 대한 인연과 그리움이다. 그리움은 영원할 수 있지만, 인연이라는 게 영원할 수만은 없기에 우리는 그토록 그리움을 안고 사는 것인가 보다. 이별을 필연으로 갖게 되는 우리네 삶은 결국 고독한 존재다. 그 고독에 상처를 받지 않기 위해 우리는 은연중의 기대를 버리고 조금씩 이별 연습을 해야 한다.

연꽃 만나고 가는 바람 같이 / 서정주

섭섭하게

그러나

아조 섭섭지는 말고

좀 섭섭한 듯만 하게

이별이게

그러나

아주 영 이별은 말고

어디 내생에서라도

다시 만나기로 하는 이별이지

연꽃

만나러가는

바람아니라

만나고 가는 바람 같이

엊그제

만나고가는 바람 아니라

한 두 철 전

만나고 가는 바람 같이

사랑이 깊으면 외로움도 깊고 기대가 크면 실망도 크듯이 우리의 삶은 허무 속의 침묵으로 끝나지 않을까? 홀로된 자신의 영혼이 상처받지 않고 의연한 몸짓을 하기 위해서는 자신을 사랑할 수 있어야 하는 것이다. 자신을 사랑할 수 있다는 것은 한 생명 다하는 날까지 외롭지 않을 마음의 동반자가 될 수 있을 것 같다.

자화상 / 윤동주

우물 속에는
달이 밝고 구름이 흐르고
하늘이 펼치고 파아란 바람이 불고
가을이 있습니다.

그리고 한 사나이가 있습니다.
어쩐지 그 사나이가 미워져 돌아갑니다.

돌아가다 생각하니 그 사나이가 가엾어집니다.
도로 가 들여다보니 그 사나이는 그대로 있습니다.
다시 그 사나이가 미워져 돌아갑니다.
돌아가다 생각하니 그 사나이가 그리워집니다.

그리움 속에는 추억이 있고 추억 속에는 자신이 존재한다. 자신을 존재케 하는 심장의 고동은 여전히 뛰고 있다. 이내 호주머니 속의 손끝으로 온기가 느껴지고 홍조를 띤 청춘의 미소가 흐른다. 미소를 띤 그리움은 따스한 집으로 마음 서두르게 한다.

마이너리그에도 커피 향은 흐른다

분분한 커피 향이 고된 영혼을 어루만진다.

가끔이지만, 나는 고급풍의 커피점에서 커피를 마시는 호사를 누리곤 한다. 진부한 일상을 뒤로 한 채 커피 향 깊숙이 머무르는 시간, 그 짧은 시간일지라도 이드거니한 여유가 아닐 수 없다. 누구나 누릴 커피 한 잔의 여유조차 이처럼 새뜻한 행복으로 받아들이게 된 까닭은 지향하게 된 삶의 목표가 바뀌었기 때문이다.

어린 시절 종종 다니던 이발관에는 꼭 눈에 띄는 액자 하나가 있었다. 그 가로형 유리 액자 속에는 롱펠로우의 '인생찬가'라는 시(詩) 일부가 적혀 있었는데, 그 시구(詩句)는 유년의 꿈을 인도하는 디딤돌 같은 존재였다. 참으로 지루한 이발 시간이었다. 예쁘게 깎아 줄 테니 움직이지 말라는 이발사 아저씨의 주문은 엄한 경고와 같아서 호흡조차도 조심스러운 부동자세로 내내 고역을 치렀다. 특히 추운 겨울 날, '바리캉' 날의 차끈한 기운이 뒷덜미로 전해질 때면 주삿바늘이 살갗에 꽂히려는 순간만큼 진저리 치도록 싫었다. 거기다가 툭하면 머리카락이 한 움큼씩 집혔으니, 그래도 눈물만 찔끔거릴 뿐 부동자세는 흐트릴 수가 없었다. 이런 고통이 느껴지는 와중에서도 언제나 '인생예찬'의 액자는 내 시야로 들어왔다. 잠이 안 오는 밤이면 애써 숫자 세기를 반복하였듯이, 어서 이발이 끝나기만 기다리며 나는 액자의 시구를 재차, 삼차 묵독(默讀)을 하였다.

'인생의 노리(老羸) 안에서 말없이 쫓기는 짐승이 되지 말고 싸움에서 이기는 영웅이 되어라.'

이 시구에 이르러서는 어린 마음에도 어렴풋한 전율이 느껴지면서, 나 또한 어른이 되면 결코 쫓기지 않는 승리자가 되겠다는 다짐을 한 것이다. 그래서 '성공이란 어떤 일에서든 물러서지 않고 반드시 승리자가 되는 것'이라는 생각을 굳히게 되었다. 어린 시절과 청년기를 보내면서 이 성공의 기준에는 변함이 없었을 뿐만 아니라, 결혼하여 가장이 된 이후에도 롱펠로우의 잠언은 내 인생의 성공철학이었다.

독일 프로축구 분데스리가의 차범근 선수, 미국 프로야구 메이저리거의 박찬호 선수, 미국 프로골프 정규 회원이 된 박세리, 최경주 선수를 보면서, 또 박지성 선수가 영국 프로축구의 프리미어리거가 되는 것을 보면서 프로의 화려하고 위대한 세계를 엿볼 수 있었다. 또한 프로 세계는 크게 메이저리그와 마이너리그로 나뉜다는 것도 알았다. 메이저리그는 성공한 이들의 본선 무대요, 마이너리그는 아직 성공을 이루지 못한 이들의 예선 무대라고나 할까.

우리 사회도 부를 바탕으로 다양한 층이 형성되어 있는데, 큰 그림에서 보면 우리가 살아가는 삶의 정글에서도 메이저리거와 마이너리거가 엄연히 존재한다. 개인 능력이든 집단의 배경이든 경제력 또는 사회적 성공을 토대로 우뚝 선 메이저리거가 있는가 하면, '그들만의 리그'라고 불리기도 하는 중산층과 애옥살이 계층의 마이너리그도 있다. 마이너리그에 속한 리거들은, 리그에서의 처지와 그 울타리 안에서 만족하기도 하지만, 대체적으로 메이저리그로의 승격을 목표로 하루하루 분투하며 살아간다.

나 또한 가족에 대한 의무와 책임의 절대적인 명제는 사회적 성공이었다. 따라서 롱펠로우의 잠언이 아니었더라도 당연히 메이저리거를 꿈꿨을 것이다. 하지만 지천명이 지나도록 나는 여전히 마이너리그에 머물러 있다. 메이저리거가 되기 위한 능력과 환경이 내 기준의 궤도에 오르지 못한 탓이다.

메이저리거의 목표를 포기한 것은 아니다. 하지만 이제 그에 오르지 못하더라도 더한 욕심이나 패배 의식 따위는 없을 줄 안다. 메이저리거와 마이너리거의 지위가 아니라, 개인의 취향과 행복이 더 중요하다는 사실을 현실에서 깊이 깨닫고 순응하기 때문이다. 메이저리거에게 주어진 여유로운 생활을 부정하는 것이 아니라, 내 능력의 한계와 유한한 삶을 생각하면 내가 이룰 수 있는 차선의 만족이 지혜요, 진리이지 싶다.

풀무문학회 K 회장이 대학원 특강을 위해 광주에 온 적이 있다. 강의 내용이 궁금하여 학생들과 함께 자리 했는데, 정글에서 살아남는 방법을 이야기 하였다. 정글에서 맹수에게 쫓기게 되었을 때, 전력 질주하여 1등으로 안전하게 살아남는 방법이 있지만 꼴찌에서 2등을 해도 살아남는 데 아무런 문제가 없다는 것이다. 최선책이 아닌 차선책도 충분한 생존 방식이며, 이는 마이너리티 내 삶에서도 그대로 받아들여졌다.

어찌 보면 나의 성격도 애당초 마이너리그에 적합하도록 길들여졌는지도 모르겠다. 나는 어려서부터 어머니가 새 옷을 사 주면 곧장 입지 않고 며칠이 지난 후, 마음속으로 새 옷이 아니라는 느낌이 들 때서야 그 옷을 입었다. 새 신발도 일부러 약간 흙을 묻혀 얼룩을 만든 후에야 신었다. 남들보다 탁 트인 모습이 싫었기 때문이다. 지금도 마찬가지다. 가족과 함께 앉은 식탁에서 내게만 특별히 큰 그릇에 음식을 담아주거나 지나치게 선별적인 반찬이 놓일 때에도 나는 거부감을 느낀다.

마이너리그로 추락하지 않으려는 혈투와 긴장의 메이저리그에서와는 달리, 한 발짝 물러 선 마이너리그에서는 자신의 성격과 철학에 따라 '그들만의 리그'가 아닌 잔잔하고 여유로운 장이 될 수도 있다. 메이저리그를 지킨다는 명예와 자부심도 당당하겠으나 마이너리거로서의 자기만족도 이드거니한 행복이 아닐까.

가족의 건강과 기본적인 생활수준의 유지를 밑절미 삼아, 나는 작은 결과에 만족하는 습성을 길들여 간다. 비록 환호하는 관중은 없을지언정 내 삶의 마이너리티 안에서 갖는 커피 향의 여유는, 그래서 오늘도 행복한 미소로 흐른다.

선생님 선생님 우리 선생님

바야흐로 멘토의 시대가 되었다. 그리스의 시인 호메로스의 대서사시 '오디세이아'에서 유래된 멘토는, 멘토르(Mentor)라는 지성인이 지혜와 신뢰로 친구의 아이에게 인생을 가르치고 이끌어주었던 데서 유래 되었다고 한다. 최근 정치 지도자 발언 중에 자주 등장하는 멘토가 대중문화 속에까지 파고들어 멘토 붐을 일으키고 있다.

그렇다면 나에게도 멘토가 있었던가. 그동안 의식하지 않고 살았지만 굳이 찾아본다면 내 인생의 첫 번째 멘토라면 주저 없이 초등학교 담임선생님을 꼽을 수 있겠다.

나의 시골집과 가까운 곳에서 농사를 짓고 계시는 선생님은 고희를 바라보는 연세지만 아직도 건강미가 넘치고 컴퓨터를 배우는 등 자기계발에 불철주야 매진하신다. 선생님은 월남파병을 마치고 정식 교사가 되어 내가 유년을 보냈던 나로도에 초등학교 교사로 부임 하셨다. 당시에는 최신교육을 받은 교육자인데다 젊었던 관계로 주로 6학년 담임을 맡았었는데, 처음엔 누나의 담임선생이었다가 2년 후 내가 6학년이 되면서 나의 담임선생님이 되었다.

선생님은 한 마디로 팔방미인이었다. 전자제품을 다루는 손기술과 운동 그리고 예술 방면에 탁월한 능력을 발휘하셨다. 운동회가 시작되면 선생님이 지닌 능력을 십분 발휘 하셨는데 나의 눈엔 우리의 운동회가 아닌 선생님의 능력 발표회가 된 듯한 분위기였다.

운동회의 하이라이트였던 탈춤은 선생님이 직접 안무까지 맡았었는데, 탈춤이 워낙 인상적이어서인지 그때의 가락을 지금까지도 나는 잊지 않고 있다. 태권도 유단자셨던 선생님은 전교생에게 태권도를 전수 하였고, 나중엔 청도관이라는 태권도 도장까지 열어 학교가 끝난 저녁에는 동네 태권도 사범으로서도 활약을 하였다.

특히 내가 제일 부러워했던 것은 선생님의 손기술이었다. 당시 우리 마을엔 처음으로 전기가 들어왔기에 전자제품에 대한 환상이 컸을 때였는데, 전기제품에 관한 선생님의 손기술은 타의 추종을 불허 했다.

전화기에 붙은 수화기를 가지고 마이크를 만들기도 했고, 고장 난 발전기는 선생님의 손을 거치면 하얀 휘발유 연기를 내뿜으며 힘차게 돌아갔고, 전기 감전의 공포를 느끼고 있는 우리들 앞에서는 전봇대에 올라가 직접 전기 가설도 하셨다. 이런 선생님의 용감한 모습이 그렇게 듬직하고 멋있게 보일 수가 없었다.

멋지고 눈부신 하얀 유니폼을 입고 연식정구를 치고 학교 대표 축구부 선수까지 지도를 하셨다. 선수 지도 중에 팔이 골절되는 부상을 당했는데, 그 고통 중에서도 선생님 스스로 직접 뼈를 맞추는 모습은 의사를 방불케 했고 우리는 그저 신기하게만 바라보았다. 나중에 알고 보니 선생님의 조부께서 접골원을 했기에 기본 상식이 있었다고 했는데, 그때 다친 팔이 지금도 구부려져 있는 것을 볼 수 있다

선생님의 수업 중에 가장 기다려지는 것이 시청각 교육 시간이었다. 당시에 학교에는 OHP와 흑백 영사기가 있었지만 사용법에 서툴러서였는지 그동안 아무도 사용을 않고 있었다. 선생님이 오셔서야 시청각 교재를 이용한 시청각 교육이 시작되었다. 비록 6·25전쟁 영화와 대한뉴스같은 정부의 홍보적인 영화를 주로 보여주었지만 영화를 보는 날 우리의 마음은 하늘을 나는듯한 즐거움이었다.

나는 선생님께 부끄러운 기억을 하나 가지고 있다. 당시 반장을 맡고 있었는데, 선생님의 질문을 받은 친구가 대답을 못하자 나에게 질문이 돌아왔다. 나또한 그 질문에 답을 못하고 말았는데, 선생님께서 '반장이 공부도 안 하는 모양이네.' 라는 꾸중에 내 얼굴이 벌겋게 상기 되었다. 그러나 나는 학급의 반장으로써 자존심을 지키려는 의도로 '저희는 모르는 것이 있기에 학교로 배우러 왔습니다.' 라는 대답과 동시에 울음을 터뜨리고 말았다.

지금 생각하면 부끄러운 궤변이 아닐 수 없었는데, 갑자기 울음

을 터뜨리자 당황한 선생님은 계면쩍은 미소로 뭐라고 하셨지만 내 귀에는 아무 소리도 들리지 않았다.

얼마 후 방학이 되어 방학 기간에 선생님께 편지를 보냈는데 선생님께서 답장을 보내 주셨다. 그 답장 안에는 내가 수업 시간 질문을 받고 울음을 터뜨렸던 내용을 담고 있었다. 당시에는 그 내용을 누가 볼까봐 편지를 없애버렸지만, 지금은 '영배가 수업 시간에 울먹이면서 했던 말이 있지?' 라는 편지 내용만 떠오른다.

한 가지 안타까운 기억도 있었다. 소풍 때 선생님 도시락을 못 챙겨 갔던 일이다. 소풍은 초등학교와 가까운 산으로 가는 게 관례였지만 6학년 가을 소풍은 초등학교 마지막 소풍이라서 그랬는지, 학교와 꽤 멀리 떨어진 곳으로 소풍을 가게 되었다. 그곳은 지금의 나로도 우주센터가 바라다 보이는 곳이었는데 학교에서 가장 멀고 높은 산이었다.

지금 기억으로는 20리쯤 되는 거리였는데, 소풍 때면 의례히 반장이 선생님 도시락을 준비해 가던 시절이었다. 그러나 난 그 시절에도 번거로운 것을 싫어했던 탓에, 내 자신의 도시락도 평소 학교에 싸가던 직사각형 도시락에 밥과 김치 그리고 계란말이만 싸달라고 하고선 간편히 한 손에 내 도시락만 들고 출발을 하게 되었다. 6학년의 소풍 장소가 멀었던 관계로 장사치 외에는 우리를 따라오는 사람이 없었고, 학부형은 주로 저학년 동생들의 가까운 소풍 장소로만 따라갔다.

그런데 행진을 하면서 가만히 보니 선생님의 손은 도시락이 없는 빈손이었다. 우리 선생님뿐만이 아니라 당시 6학년 3개 학급의 담임선생님 모두 빈손으로 걷는 것이 보였다. 선생님들 식사를 궁금하게 여기면서 옆 반의 두 반장들 손을 보니 모두 도시락을 2개씩 들고 가는 것이 보였다. 순간 '아뿔사!' 싶었다.

'우리 선생님께서 점심을 굶게 되겠구나.' 라고 걱정을 하면서도 나로서는 어찌할 방법이 없어 마음만 졸이고 있었다. 드디어 점심시간이 되어 도시락을 먹을 시간이 되어 선생님 눈치를 가만히 살피는 데, 마침 다른 반 친구가 우리 선생님 앞에 도시락을 내 놓는 것이 아닌가. 알고 보니 다른 반 친구 중에 반장은 아니었지만, 가정 형편이 좋은 친구가 선생님 도시락을 대신 준비해 왔던 것이다. 지금도 생각하면 죄송스러운 마음에 얼굴이 붉어진다.

선생님은 오래 전 교사를 그만두고 고향에서 농사와 이 고장 특산물인 고흥유자 농장을 운영하고 계신다. 얼마 전 한아름유자농장이라는 홈페이지 카페에 올린 선생님 글을 읽으며 우리 선생님은 아직도 멋쟁이라는 탄성이 절로 나왔다.

유자를 구입한 고객이 유자의 껍질이 오렌지나 귤처럼 깔끔하지 않고 지저분하다는 항의성 게시글이 올라왔다. 이에 선생님은, 해풍 속에 크는 유자는 바람이 불면 유자나무 가시가 유자의 표면을 찌르기에 상처가 나고, 유기농으로 가꾼 유자는 비료로 키운 유자에 비해 껍질이 거칠다는 설명과 함께 진도아리랑을 곁들였다.

"탱자는 고와도 발길 밑에서 놀고, 유자는 얽어도 선비 손에서 논다. 아리아리랑 스리스리랑……." 선생님다운 멋진 답변이었다.

초등학교 졸업 후, 선생님과 수십 년 소식 없이 지내다 몇 년 전부터 선생님을 다시 뵙고 전화상이지만 선생님 보좌관 같은 작은 역할을 하고 있다. 좀 더 선생님을 가깝게 보필하고 싶다는 생각은 예나 지금이나 변함이 없지만 이런저런 핑계를 대는 내 모습이 한없이 부끄럽다.

고희가 눈앞인 선생님은 아직도 농사를 짓고 농장을 가꾸고 군청 문화 교실에서 컴퓨터를 배워 동영상 편집까지 하신다. 지적 호기심과 부지런함은 여전하시다. 선생님께서 지닌 예술적 감성과 유머에 찬 자신감은 지금도 나의 멘토가 되고 있음이 분명하다. 선생님 선생님 우리 선생님.

버티고(Vertigo)

1

어느 날 집 앞에 새로이 생긴 제과점의 간판이 눈에 띠었다. 발음이 생소한 뚜레쥬르라는 상호였는데, 프랑스어를 모르는 내 짐작으로는 상호의 의미가 토스트(Tous) 와(Les) 주스(Jours)라고 생각을 했다. 알고 보니 뚜레쥬르(Tous Les Jours)란 프랑스어로 매일매일이라는 뜻이었다.

2

신종플루가 유행하고 나서부터 감기 예방을 위해 가게 입구에는 손을 소독할 수 있는 소독제가 갖춰지기 시작했다. 어느 날 점심시간에 빵을 먹기 위해 제과점에 들어섰다. 좋아하는 단팥빵과 도넛을 접시에 담아 손소독제 있는 곳으로 발걸음을 옮겼다. 손소독제를 양손에 듬뿍 묻혀 손등까지 철저히 세척을 하고 자연 건조를 기다리는 데 옆 테이블 숙녀들의 시선이 느껴진다. 나를 쳐다보며 자기들끼리는 귓속말로 소곤거리는 모습까지 감지된다. 자리에 앉아 손이 마르기를 기다리는 데, 평소와는 다르게 자연 건조가 잘 되지 않는다. 한참을 기다려도 손이 마르지 않기에 혹시나 해서 자세히 살펴보니 손소독제라고 여기고 손에 발랐던 것이 소독제가 아닌 설탕 젤리였던 것이다.

3

결혼 후 단독주택에서 신혼을 보내고 아파트로 이사를 하던 날이었다. 포장이사라고는 하지만 그래도 마무리는 우리부부 손으로 해야 하는 것이다. 포장이사 직원의 1차 배치가 끝나고 2차로 우리부부의 정리 순서가 되었다. 어느 정도 마무리가 될 무렵, 양복을 입은 40대 남성이 다가오더니 아는 체를 하며 밝은 얼굴로 인사를 한다. 누구시냐고 했더니 OO신문사에서 왔는데 같은 동네에 살게 되어 반갑다며 함께 정리를 돕겠다고 한다. OO신문사라면 아내의 사촌오빠가 논설위원으로 근무하고 있었기에, 아마도 사촌오빠께서 이사를 도우라고 보낸 신문사 직원으로 여겨져 나 또한 반갑게 맞이했다. 정리가 어느 정도 마무리되고 나는 고마웠다는 말을 전하는 데, 그 남성은 양복 안주머니에서 봉투 하나를 꺼낸다. 신문구독을 하면 상품권을 드리겠다고 한다. 그 남성은 사촌오빠가 보낸 직원이 아니라 신문구독 영업을 하는 사람이었던 것이다.

4

내가 운영하는 회사는 건설사를 대상으로 프로그램을 개발하거나 임대를 하는 IT업체이다. 회사의 대표로 있는 나에게는 프로그램 개발 의뢰 순간이 무엇보다 기다려진다. 작은 규모의 회사이기에 영업 직원이 별도로 없어 대표인 내가 직접 영업과 컨설팅을 한다. 그날도 프로그램에 대한 전반적인 구조와 사용법에 대해 문의를 하겠다는 전화가 왔다. 회사명을 물어보니 기존 거래처가 아닌 새로운 △△건설사였다. 전화상으로 설명이 곤란하니 직접 방문하여 설명을 하겠다는 약속을 하고 전화를 끊었다. 신규 거래처를 계약하려는 기분에 들떠 있는 데 전화기 벨이 울린다. 방금 프로그램 문의를 했던 담당자였다. "저희 OOO 소장님이 사장님께 신세가 많다고 저녁이나 함께 하자고 하는 데, 이왕이면 오후 시간에 방문해 주십시오."라고 한다. OOO 소장이면 현재 우리 거래처인 OO건설이 아닌가? 그럼 아까 새로운 회사명은 뭐였지? △△건설사는 OO건설사에서 파견 근무를 하는 원청회사의 회사명이었던 것이다.

5

일본에서 직장을 다닐 때, 직원의 이사를 끝내고 한국인 식당에 갔다. 모처럼 정통 한국음식 먹을 기대에 젖어 있을 즈음, 주문된 음식을 한국인 사장이 직접 갖고 나왔다. 먹음직스럽게 지글지글 끓고 있는 김치찌개를 한 숟갈 뜨려고 하는 데 머리카락이 눈에 띈다. 그 머리카락을 본 직원이 뒤돌아서 주방으로 들어가는 한국인 사장의 등 뒤로 비아냥스럽게 한 소리를 내 뱉었다.

"역시 한국 음식은 달라."

머리카락의 내용을 모르는 한국인 사장이 뒤돌아보면서 하는 말,

"제가 같은 동포라서 특별히 더 넣어드렸습니다."

전투기 조종사는 초음속으로 비행할 때, 하늘이 바다 같고 바다가 하늘같은 착시 현상을 가끔 경험한다고 한다. 이런 착시 현상을 버티고(Vertigo)라고 하는 데, 전투기 추락 원인 중의 한 가지가 된다고 한다. 이는 자신과 비행기 자세에서 수평 감각을 잃어 나타나는 착각이다. 나 또한 일상의 생활에서 버티고 현상을 가끔 발견할 수가 있다. 착각은 자유고 무식한 착각은 용감해 진다지만 착각을 실수로만 치부할 수는 없다. 자신에 대한 착각이야 웃고 넘어갈 수 있지만, 남을 향한 착각은 오해의 소지가 될 수 있기 때문이다. 착각을 줄이기 위해서는 상황을 정확히 봐야한다. 따라서 타인의 행동이나 이야기에 귀를 기울이는 경청의 미덕을 기르기 위해 내 생활 속의 버티고를 되뇌여 본다.

왜 사느냐고 묻거든

　모교의 산학협력 프로젝트 발대식 초청장이 도착했다. 사무실과 가까운 장소에서 열리는 행사이기에 잠시 시간을 내어 참석하였다. 시장과 도지사의 축사도 있었고 발대식 또한 특급호텔의 컨벤션에서 열리는 등 프로젝트 규모를 과히 짐작할 수 있었다. 규모에 걸맞게 진행 프로그램 또한 다양하게 기획되어 있었다.이 같은 행사의 진행 프로그램은 대체적으로 마지막에 분위기를 돋우는 간단한 공연이 있는 데, 이날의 진행은 중간에 축하 공연이 있었다.

　모교에서 강의 중인 음대 교수 두 분의 성악을 들었는데, 제목은 기억할 수 없었지만 멜로디는 귀에 낯설지 않아 즐겁게 감상 할 수가 있었다. 축하 공연이 끝나고 다음 순서로 중소기업청의 간부가 격려사를 하기 위해 단상에 올랐다. 대체로 기관장의 이미지는 지긋한 연세에 머리에 포마드를 바르는 점잖은 정장의 이미지였는데, 단상에 오른 기관장은 간편한 노타이 양복차림이었다. 곱슬머리여서인지 2대 8 가르마도 없이 아무렇게나 빗어 넘긴 듯한 헤어스타일이었다. 나는 속으로 기관장치고는 약간 무성의한 모습이라고 생각했는데, 의외로 그 기관장의 첫 마디를 듣고는 순간적으로 느꼈던 부정적인 이미지에 반전을 가져왔다. 좀 전의 공연에서 감상한 성악의 어려운 제목을 또렷이 이야기 하면서 자신의 느낌을 간단하게 피력하였다. 외모와는 다르게 문화적 지성을 갖추었다는 인식이 들자 방금 전에 느꼈던 부정적인 이미지가 긍정적인 이미지로 바뀌는 순간이었다.

낯선 사람을 만났을 때 나에게도 사람을 대하는 선입견이 있다. 아무래도 처음엔 외모에서 느껴지는 분위기와 대화의 내용으로 사람의 품격을 판단하게 되는 데, 예술적인 뉘앙스가 느껴지면 외모에 관계없이 긍정적으로 보는 선입견이다. 그와는 반대로 경제적으로 사회적으로 성공했다는 분들과의 이야기 중에 정치와 경제이야기 외에는 별다른 소재를 갖고 있지 않다는 느낌이 들면 급격히 이야기의 집중도가 떨어지는 것을 느낀다. 각 개인의 예술적 관심도로 그 사람의 품격을 판단할 수는 없다. 예술적 관심도가 낮다하여 그 사람 이미지를 부정적으로 치부하는 건 아니지만, 그분들이 이룩한 스펙에 예술적인 여유와 낭만이 더해졌으면 보다 멋진 삶이 되겠다는 아쉬움이 생긴다. 정치 지도자가 독재자인 경우에 자신의 지배에 정당성과 부드러운 이미지를 어필하기 위해 예술적 분위기 조성에 애쓴다고 한다. 그렇다보니 피상적인 문화예술이 되기 쉬운

데, 관에서 추진하는 문화 조성 사업을 보면 민에서 주관하는 사업보다 대체적으로 형식적인 게 많다. 이건 자신의 예술적 감각에서 스스로 우러나와 추진하는 것이 아니라 타인을 통해 조성해야하는 현실적 제약 때문이라고 생각한다.

독재자 중에는 자신의 예술가적 기량을 발휘하는 정치가도 있다. 조선왕조의 폭군으로 역사에 남은 연산군이나 유대인 학살의 주범이었던 히틀러의 경우가 대표적이다. 조선의 임금 중에는 연산군이 가장 많은 시를 남기어 시인 연산군으로도 불린다. 연산군은 시적인 감수성뿐만이 아니라 광대들을 궁궐에 상주시켜 비판을 받을 정도로 놀이 문화에 대해서도 남다른 감수성을 보였다고 한다.화가 지망생이었던 히틀러는 정식 화가의 꿈은 이루지 못했지만 길거리 화가로 활동도 했고 다수의 미술 작품을 남기기도 하였다. 미술적 재능을 지닌 히틀러는 자신의 정원도 손수 디자인하여 꾸밀 정도로 미학적 재능이 뛰어났다고 한다. 다만 연산군이나 히틀러는 예술적 감수성을 자신에게만이 아닌 타인에게도 예술적 진정성을 보여줬으면 부끄러운 역사를 만들지 않았을 것이다.

정치 지도자는 아니지만 재일교포 중에 서승, 서준식, 서경석이라는 삼 형제가 있다. 이중 서승과 서준식은 70년대 유학생 간첩 사건으로 오랜 시간 한국에서 옥고를 치렀고, 막내였던 서경석은 두 형의 옥바라지와 석방을 위해 동분서주 하였다. 서준식은 이데올로기에 대항하는 활동 등으로 그의 이미지 또한 투쟁적인 면이 강했었다. 서경석의 그 과격한 투쟁 이면에는 의외로 예술적 감수성이 풍부하다.

　서경석은 여러 권의 책도 출간 하였는데, 그 중 두 권의 책은 나에게 많은 예술적 지식을 쌓게 했다.『나의 서양미술 순례』(1992년)와『나의 서양음악 순례』(2011년)이다. 난 이 두 권의 책에서, 미술과 음악에 대한 지식뿐만이 아니라 예술적인 삶을 포용하려는 그의 생활 철학을 감지할 수 있었다.

　물질적 풍요는 매너리즘과 모럴해저드에 빠지기 쉽다. 자신이 세운 인문학의 정립과 실천으로 자신의 삶의 철학에 중심을 가져야한다. 그 중심의 밑바닥에 예술적 감성을 지닌다면 보다 아름다운 삶의 향기를 지닐 수가 있다.

　나는 문학과 미술과 음악에 대한 이론적인 지식은 크지 않으나 예술이라는 향기를 좋아한다. 한 편의 글, 한 폭의 그림, 한 곡의 음악을 듣고 무한한 행복에 잠긴다.나에게 왜 사느냐고 묻는다면 주저없이 예술적 감성을 키워가는 것이라고 답한다. 예술과 문화는 나에게도 레종 데트르(Raison D'etre)인 것이다.

나이팅게일의 향기

모처럼 아내의 동료 간호사들과 저녁 식사를 했다. 퇴근 후 일반 사복 차림의 모습이었지만 언뜻언뜻 동료들의 얼굴에서는 캡을 쓴 하얀 유니폼의 모습이 오버랩 된다. 간호사의 모습은 언제나 나에게 향긋한 생동감을 준다. 그리고 동료 간호사들과 함께하는 시간이 즐겁다. 처가의 다섯 째 막내사위 이다 보니 형부라는 소리를 듣지 못하는 아쉬움을 후배 간호사들을 통해 만끽을 하는 즐거움이 있기 때문이다. 이런 즐거움 속에서 하얀 간호사 복장에 캡을 쓴 아내를 처음 만나 사랑을 키웠던 지난 시절이 아름다운 파노라마로 투영된다.

나는 결혼을 앞두고 반려자를 찾는 기준을 두 가지로 정했다. 하나는 피아노를 잘 치는 것이었고 다른 하나는 간호사였으면 좋겠다는 기준을 두었다. 피아노 치는 것을 원했던 이유는 어려서 피아노를 치고 싶었지만 당시 생활수준으로는 언감생심이었기에 그때의 대리 행위로 희망하는 것이었다. 따라서 직업적인 피아니스트까지는 아니라도 집에서 동요나 피아노 소품곡을 칠 수 있는 수준 정도면 좋겠다는 생각이었다.

간호사를 원했던 것은 전문직답게 자기 관리가 깔끔하고 하얀 유니폼에서 느껴지는 성적 매력이었다. 초등학교 시절 이름난 여성으로서 현모양처하면 신사임당이, 교육하면 한석봉 어머니가, 간호사하면 나이팅게일이 떠오르는 교육을 받아왔다. 신사임당과 한석봉 어머니는 한복 입은 어머니 같은 느낌이 들었기에 관심이 덜 갔지만 나이팅게일은 누나 같은 느낌이 들었기에 어린 나이에도 나이팅게일에 더 관심이 갔다. 거기에 하얀 간호사 복장에 캡을 쓴 나이팅게일의 신비스러움과 아픈 환자를 돌보는 자기희생이라는 숭고한 정신을 실천하는 간호사로 교육을 받았기에 백의의 천사로 부르기에 부족함이 없었다.

요즘은 문화의 패러다임이 바뀌다보니 대부분의 간호사가 캡을 쓰지 않는다. 유니폼 또한 컬러로 바뀌어 어려서 각인된 전형적인 하얀 유니폼을 입은 간호사의 이미지는 사라졌다. 특히 캡을 쓰지 않는다는 것은 나에게 큰 아쉬움을 준다. 간호 근무에 좀 더 집중하기 위한 변화라고는 하는 데, 마치 서당의 스승이 상투를 자르고 짧은 머리로 학동을 지도하는 듯한 느낌이 든다.

결국 몇 번의 맞선 끝에 비록 피아노는 치지 못하지만 간호사인 아내와 결혼을 했다. 당초 계획의 절반을 달성한 셈이다. 결혼 후

아내의 영향으로 여자 조카 둘 또한 간호사가 되었는데 외가 친척까지 포함해서 우리 집안에는 5명이 간호사로 근무를 하고 있다. 아내를 통해 간호사 생활을 곁에서 지켜본 지도 20년이 다 되었지만 내 상상과는 다르게 간호사의 생활이 만만치 않다는 것을 느낀다.

간호사와 환자 사이에는 전문직 직업과 서비스 직업이라는 상반된 인식 차이가 있기에 간호사라는 정체성을 두고 서로 오해를 낳기도 하는 데, 자기희생과 보람 없이는 매우 고단하고 어려운 직업인 것 같다.

얼마 전, 한국과 일본의 간호사들에게 '평소보다 일이 빨리 끝난다고 하면 오늘 밤 무엇을 할까.' 라는 질문에서 한국, 일본 모두 '수면' 이 첫 번째였다고 한다. 한국에서 실시된 대학병원의 노동 실태조사에서도 3교대 근무를 하는 간호사의 경우 86.2%가 수면 부족이라고 대답했고, 일본의 간호사 노동조건 실태조사에서는 9,700명의 간호사 가운데 약 70%가 수면이고 다음으로 취미, 가족과의 시간, 친구나 연인과 보내는 시간 순이었다고 한다.

간호사 본인이 느끼는 어려움이 수면 부족이라면, 곁에서 지켜보는 나의 안타까움은 간호사들의 퇴근하는 모습이다. 자정이 지나 퇴근하는 간호사와 일반 회사의 정시 퇴근을 하는 일반 직원들의 퇴근 모습은 확연히 다르다. 일반 회사의 퇴근 모습은 활기가 느껴지지만 자정이 지나 퇴근하는 간호사 모습은 대체로 조용하고 무거운 모습으로 퇴근을 한다. 아침에 출근하는 어깨의 모습과 퇴근하여 나올 때의 어깨의 모습이 다르다. 마치 핀트가 맞지 않아 두 겹으로 겹쳐 보이는 TV 화면처럼, 퇴근하는 간호사의 어깨에는 침묵의 그늘이 입체적으로 겹쳐 보인다. 아내도 예외는 아니다. 축 처진 어깨를 하고 걸어 나오는 모습을 볼 때마다 애처로운 생각이 들어서인지 이 순간 나는 아내에게서 진한 페이소스를 느끼게 된다.

서당 개 삼 년이면 풍월을 읊는다는 데, 아내의 동료나 후배들과 20년 가까이 직간접적으로 이야기를 나누다보니 자연스럽게 의학용어를 알게 된다. 어설프게 알게 되는 의학용어로 도움을 받을 때와 얼굴이 붉어지는 에피소드도 있었다.

예전 직장 선배가 간암 투병을 할 때이다. 항암치료를 위해 서울의 대형병원을 찾았는데 접수처에서 병명을 물었다. 당시 선배도 암이라는 병명을 알고 있었지만, 막상 선배 앞에서 암이라는 대답이 망설여졌다. 그때 문득 의학용어가 떠올라 '캔서(cancer)'라고 대답을 해서 어색한 순간을 무마하기도 했다.

의학용어를 과용하여 난처한 순간도 있었다. 아내가 집에 없던 어느 늦은 밤, 아들의 몸에 빨간 반점이 급격히 퍼지고 있어 조카가 근무하는 가까운 병원의 응급실을 찾았다. 무슨 일이냐는 조카 간호사에게 반농담조로 어티카리아(urticaria-두드러기) 같기도 하고 푸드포이스닝(food poisoning-식중독) 같아서 왔다고 작은 소리로 말을 했는데 당직 주치의가 들었던 모양이다.

아들의 상태를 보더니 '푸드포이스닝은 아니고 어티카리아네요.'라

고 하는 데 쑥스러움에 내 얼굴이 붉어짐을 느꼈다

세월이 흘러 3교대를 하던 아내도 지금은 국공휴일은 쉬고 평일 주간 근무만 하는 수간호사가 되었다. 타 직장과 마찬가지로 아내 또한 직책은 올라갔지만 거기에 비례해 관리와 책임은 그만큼 어려워지고 개인 생활의 시간이 줄어들었다. 의사와 환자 사이에서 완충 역할을 해야 하고 요즘은 인터넷 민원 방지를 위한 서비스 정신교육에 더더욱 집중을 한다. 풍전등화의 생명 앞에서 간, 심장, 신장 등 장기이식의 절체절명의 수술이 있는 날에는 아내 또한 깊은 잠을 이루지 못하고 휴대폰을 끼고 잠을 잔다.

간호사라는 본인의 어려움은 있지만 간호사의 가족이라는 이점도 있다. 어느 병원을 가더라도 의사 선생님과의 진료 내용을 아내를 통해 차분하고 상세히 설명을 받을 수 있어서 좋다. 아내가 근무하는 병원에서는 가족 할인이라는 것도 있고, 리조트 이용권이라든지 직원복지를 함께 누릴 수 있는 혜택과 노후연금이 있다는 것도 빼놓을 수 없는 장점이 아닐 수 없다.

다만 결혼 당시 아내에게, 빠른 시일 내에 은퇴를 시켜 전업주부로 만들어 주겠다는 약속이 아직도 공수표가 되고 있다는 것이 나로서는 못내 아쉽고 안타깝다. 좀 더 시간이 지나 언젠가는 나의 약속이 이루어지겠지만 나 또한 나이팅게일의 숭고한 정신으로 더 크고 넓은 사랑으로 보답하리라.

클래식 선율에 흐르는 아그네스의 추억

울다 지쳐 잠든 여름새 전설을 들었나요

목각 인형의 외로운 마음을 아시나요

어둠을 밝히는 촛불의 아픔을 아시나요

이른 아침 여린 풀잎의 아픔을 아시나요

기도하는 아그네스 서러워 말아요

어차피 인생은 바람 바람인 걸

누구나 날리는 꽃잎 꽃잎인 걸

　날씨가 추워지면 김세화의 '겨울이야기'와 더불어 생각나는 '아그네스'라는 노래이다. 가사에서처럼 아그네스와 인생이라는 문맥은 이미지 적으로 어울리지 않지만 이 노래를 들으면 기도하는 아그네스의 분위기를 느낄 수 있어서 좋다. 나는 아직 종교를 갖고 있지 않기에 신앙에서 우러나는 기도는 아니지만 이 노래를 들으며 스스로에 대한 겸손과 소망을 헤아려보는 상상의 기도를 한다.

아그네스를 생각하면 나에게 클래식의 관심을 불러일으켜 준 누나 한 분이 생각난다. 중학교 2학년 때의 이야기다. 나의 작은누나는 담임선생님의 소개로 광주의 한 가족을 펜팔로 알게 되었다. 그 가족 중에 중학교 3학년에 재학 중인 여학생이 있었다. 나보다 한 살 위였기에 자연스럽게 누나라고 불렀다.

당시 중학교 수업 시간에는 부교재로 이용하였던 완전학습이라는 참고서가 있었다. 문교부에서 출판된 책이었지만 개별로 구매를 해야만 했다. 그 누나는 한 학년 위였기에 자신이 공부했던 2학년 완전학습 참고서를 나에게 물려주었다. 내심 새 책을 구매하려 했지만 헌 책을 받게 됨에 약간은 아쉬운 마음이 일었는데, 그 누나가 물려 준 책은 뜻밖에 표지부터 깨끗했다. 책 내부에도 자신의 이름 외에 전혀 연필로 공부한 흔적이 없었다. 내심 쾌재를 불렀던 것도 잠깐, 순간적으로 고개가 갸우뚱거려졌다. 외모는 단정하고 모범생으로 보였지만 공부는 전혀 하지 않은 학생으로 비쳐졌기 때문이다. 어찌 되었건 그 누나가 물려준 책으로 1학기를 마치고 여름방학이 시작되었다.

여름방학에 그 누나는 사촌누나와 함께 섬마을이었던 우리 집에 놀러 왔다. 그 누나는 바다도 감상하고 똑딱선도 타고 등대도 보고 해수욕장의 백사장도 거닐겠다는 낭만적인 기대를 갖고 왔었던 모양이다. 그런데 막상 도착해서는 적이 실망을 하는 눈치였다. 지금의 우주센터가 위치한 나로도라는 우리 마을은 그 누나가 생각했던 그런 낭만의 작은 섬이 아니었다. 방문을 열면 바다의 석양이 보이고, 똑딱선이 보이고, 대문을 나서면 집 앞으로 백사장이 펼쳐져 있을 것이라는 상상을 하고 왔던 것이었다.

그 누나는 비록 실망은 하고 있었지만 곧장 우리 마을 환경에 적응을 한 것 같았다. 걸어서 3~40분 정도 거리에는 하얀 모래가 펼쳐지는 해수욕장이 있었기에 푸른 송정의 바닷바람을 쏘이며 백사장을 거닐 수 있었고, 밤이 되면 일부러 밤바다를 보러 가기도 하였다.

그러던 어느 날, 형님을 대동하여 해수욕장의 밤바다를 보러 갔다. 그때 형님은 기타를 배우던 시기였기에 함께 기타 반주에 맞추어 합창을 하는 등 분위기가 좋았다. 형님이 기타 치는 것을 끝내자 이번엔 내가 하모니카를 불기 시작했다. '섬집아기', '등대지기' 등 동요를 시작으로 대중가요인 허림의 '인어 이야기'를 부르고 나니 그 누나가 나를 보며 칭찬을 한다. 비록 서툴기는 했지만 밤바다 분위기에는 어울렸던 모양이다.

약간의 침묵이 흐르고 그 누나는 문득 독백처럼 바흐의 음악이 듣고 싶다고 했다. 바흐는 학교에서 배웠기에 알아들었지만 두 곡의 제목은 알아 듣지 못했다. 나중에 알고 보니 'G선상 아리아'와 '브란덴부르크 협주곡'이었는데, 특히 브란덴부르크 협주곡의 발음이 너무 어려워 당시에는 쉽게 외우지 못했다.

작은누나의 이야기에 의하면 그 누나는 현역 성악가와도 교류가 있을 정도로 음악에 조예가 깊었고, 중학생이었지만 다방에서 커피를 마시는 여유까지 부린다고 했다. 그렇게 여름방학이 끝나고 그 후에는 그 누나를 볼 기회가 없어 내 기억에서 차츰 잊혀져갔다.

시간은 흘러 나도 신체검사 통보를 받고 국방의무를 수행하기 위한 나이가 되었다. 나는 중이염 수술 후유증으로 군대를 면제받고 시골에서 보충역 방위 근무(공익근무)를 하고 있을 때였다. 마을에 의료 봉사 팀이 도착하여 막사를 만드는 데 우리가 동원되었다. 그 중 의사 한 분이 우리 집으로 작은누나를 만나러 왔다. 그 의사의 용건은, 같은 병원에 근무하는 간호사의 안부를 작은누나에게 전하는 것이었다. 안부를 전하며 간호사 이름을 이야기하는 데, 순간적으로 귀가 번쩍 뜨이는 것을 느꼈다. 그 누나의 이름이었다.

의사를 통하여 그 누나의 소식을 대강 알게 되었다. 내가 생각했던 것처럼 공부를 못하는 것이 아니었다. 국립대학교 의예과에 합격했으나 딸 다섯의 넷째였던 누나는 가정 형편상 의대를 포기하고 간호사가 되었다고 했다. 그리고 얼마 지나지 않아 작은누나를 통해 그 누나의 소식을 다시 듣게 되었다. 대학병원 간호사로 근무하다 자원하여 나환자가 수용된 소록도에서 간호사 생활을 하던 중 수녀가 되어 프랑스로 건너갔다는 것을 알게 되었다.

아내의 병원에서는 간호사 유지 보수 교육이 실시된다. 어느 날 교육 시간에 수녀 한 분이 참석했다고 한다. 언젠가 아내에게 클래식 이야기를 하다 수녀가 된 그 누나 이야기를 잠깐 했던 적이 있었다. 아내는 혹시나 해서 인사를 나눠보니 내가 이야기했던 그 수녀님이었다. 아내는 '저의 신랑이 수녀님께 처음으로 브란덴부르크 협주곡 이야기를 들었는데 제목이 어려워 외우지 못했고, 그 곡의 이름을 외우다 보니 클래식에 관심이 갔었다.' 라는 이야기를 전하면서 나에게 전화를 연결해 줬다. 갑작스런 소식에 나는 긴장과 떨리는 마음으로 전화를 받았다. 수녀란 신분에 누나라고는 못 부르고 '여보세요' 라고만 했다. 누나의 목소리는 밝은 음성이었다. 반가운 마음에 커피라도 한 잔 마시고 싶었지만 수녀의 신분이 되다 보니 내 마음과 다르게 일상적인 안부만 나누고 아쉽게 전화를 끝냈다. 마치 옛사랑의 분위기에 젖은 듯한 진한 아쉬움과 설렘이 나의 감성을 자극했다.

그 누나는 이후로 간호사 유지 보수 교육에 참석하지 않았기에 지금껏 소식을 듣지 못하고 있다. 내가 기억하는 그 누나의 성품과 깊은 신앙에 비추어 수녀원 생활을 잘하고 있으리라는 추측이다.

바흐의 협주곡 중 최대의 걸작이라는 브란덴부르크 협주곡을 감상할 때마다 경쾌한 리듬과 다채로운 음향과는 달리, 내 마음 한편에는 뭔가 우수에 젖은 듯한 분위기가 된다. 그리고 가만히 생각해 본다. 그 누나가 수녀가 된 결심이 뭐였을까? 그 시절 그때의 그 누나는 나에게 첫 사랑이었을까? 하는 공상이 추억의 미로를 따라 바흐의 음악 속으로 잔잔히 흐른다.

사자(死者)의 귀환

동남아의 청년들은 그의 죽음을 인정하지 않았고 언젠가는 다시금 불사조처럼 살아 돌아오기를 기다렸다. 그는 영화 '사망유희'에서처럼 죽음을 가장하고 우리 곁에서 잠시 사라진 것이라 생각했다. 나 또한 어린 시절에 그의 주검을 영상과 사진으로 똑똑히 보고서도 언젠가는 부활할 거라는 믿음을 갖고 있었다. 그만큼 그는 어린 시절의 나의 우상이었고 너무 아까운 죽음이었던 것이었다. 그러나 10년, 20년을 기다려도 무술인이자 영화배우였던 이소룡(李小龍)은 결국 우리에게 돌아오지 않았다. 사람이란 한 번 죽으면 영원히 끝이라는 것을 인정하는 데 오랜 시간만이 걸렸을 따름이었다. 몇 해 전 나는 죽은 사람이 정말로 살아오는 현실을 체험하였다. 그것도 한 사람이 아닌 두 사람이나 경험하였다.

우리나라가 IMF 구제금융을 받게 되어 전 국민이 실의에 빠져 있을 때 내가 근무하던 회사도 예외가 아니어서 부득이 일본으로 직장을 옮기게 되었다.

　일본으로 떠나기 전 지인들과 술좌석에서 A 씨가 위암에 걸려 병원에 입원해 있다고 들었다. A 씨는 통신 업체에 근무하는 팀장으로 우리 전산 팀과는 유대가 돈독하였다. 위암이면 중병인지라 당시에는 입원 소식 자체가 부고 소식으로 들렸었다. 우리나라가 IMF를 극복하고 벤처 열풍이 뜨거울 때 나는 2년 만에 귀국을 하였다. 다시 돌아온 광주에서 예전 직장 동료와 IT업체를 창업하였다. 사무실을 임대하고 인터넷 통신망을 구축하기 위해 통신 업체에 가입 신청을 하였다. 그러면서 위암으로 아까운 생을 마친 통신 업체 A 씨를 생각하였다. 며칠 후, 통신사 직원들이 오는 날이었다. 통신 케이블과 장비를 지닌 통신사 직원들이 사무실로 들어서는 데 한 사람의 얼굴이 낯익어 보였다. 그리고는 순간적으로 내 몸이 굳어지는 것을 느꼈다. 바로 A 씨였다. 예전보다 얼굴과 몸은 많이 야위어있었지만 A 씨임에 틀림없었다. 난 속으로 죽은 사람이 다시 살아 돌아온 듯한 흥분된 마음으로 A 씨와 악수를 나누었다. 위암 수술에 성공하여 건강을 되찾은 A 씨 또한 내가 일본으로 직장을 옮겼다는 이야기는 들었다며, 오늘 여기서 다시 만날 줄을 몰랐다며 반가워했다. 함께 커피를 마시며 이야기를 나누는 데 내 마음 속에는 사자(死者)와 이야기를 하는듯한 야릇한 기분이 들었다.

　골프를 배우면 인생이 즐거워지고 사업을 하려면 원활한 커뮤니케이션을 위해 골프를 배우는 게 좋다는 지인의 권유로 골프 레슨을 받을 때였다. 난 항시 실내 연습장에서는 습관적으로 첫 번째 타석에서 연습을 하였다. 앞사람 뒤에서 연습을 하면 앞 사람의 움직임 때문에 시야의 집중이 잘 안 되기에 항시 첫 번째 타석에서 벽을 보고 연습을 한다. 내 등 뒤로는 다른 회원의 연습하는 모습이 정면으로 보인다. 어느 날 부터인가 스윙 임팩트 때 '쉬~' 하는 기합을 넣어 가며 연습하는 주부가 있었다. 다른 회원 중에는 스윙 임팩트 때 기합을 넣는 사람이 없었기에 특별하게 기억하고 있는 주부였다. 그 주부는 나와 연습 시간이 비슷해 자주 만나는 편이었는데, 어느 날 부터인가 연습장에서 보이질 않았다. 레슨 기간이 끝났나 싶어 레슨 프로에게 물어보니 뜻밖에 얼마 전 교통사고로 사망했다고 한다. 기합까지 넣어가며 그토록 열심히 연습하였던 분이 교통사고라니 허망한 생각이 들었다. 그리고 이내 내 기억 속에서 사라졌다.

일요일 아침의 실내 연습장에는 언제나 내가 제일 먼저 도착을 했다. 나는 평소 밝은 것을 좋아하는 편이라 실내 전등을 끄지 않는데, 연습장의 레슨 프로는 절전 의식이 강해 회원이 적으면 연습하는 내 타석만 실내등을 켜 주었다. 나 혼자 연습 중에 등 뒤로 돌아보면 실내가 어두침침하기만 했다. 이날도 일요일 이른 아침 어둑한 상태에서 연습에 몰입하여 땀을 흘리고 있는 데, 누군가 등 뒤에서 스윙 중에 기합 소리를 넣는다. 열심히 연습하는 사람이 새로이 왔구나 생각하고 연습에 몰두하는 데, 기합 소리가 왠지 귀에 익은 소리라는 것이 느껴졌다. 누군가 궁금해서 뒤 돌아 본 순간 나는 또

깜짝 놀라고 말았다. 바로 얼마 전 교통사고로 사망했다던 그 주부가 아닌가. 또 사자(死者)의 모습을 본 것이다. 난 순간적으로 움찔하면서 타석을 내려왔다. 태연하게 그 주부와 반갑게 인사를 나누고 휴게실에 앉았다. 그 주부의 교통사고 소식은 오보였던 것이다. 자판기 커피를 마시면서 환생한 듯한 그 주부의 연습 모습을 바라보며 인간의 生과 死를 생각해 보았다.

한때 기업체에서 정신교육의 하나로 나의 장례식이란 테마로 실제 관속에 들어가 염불 또는 찬송을 듣는 체험을 하는 교육이 있었다. 섬뜩한 교육이지만 체험자의 이야기를 들어보면 약간의 두려움 속에서도 자신을 반추하고 미래에 대한 긍정적인 사고를 갖게 된다고 한다.우주비행사들도 우주에 나가 지구를 바라보면서 느끼는 것은, 인간이라는 종(種)에 대한 의무감을 느끼고, 자신의 이기(利己)가 소실되는 것을 느낀다고 한다. 스티브잡스는 언젠가 '타인의 기대, 자부심, 좌절, 실패 등 세상의 모든 것들은 죽음 앞에서 덧없이 사라지고 오직 진정으로 중요한 것만 남는다.' 라고 하였다.

두 사람의 환생에서 나는, 그들이 죽었다고 느꼈을 때는 덧없는 인생을 느꼈었고 다시 환생을 바라보는 순간에는 덧없다던 인생이 환희로 바뀌는 것을 느꼈다. 죽음을 앞두거나 인생의 종착역에서나 하는 생각의 가지치기를 지금 살아있는 순간에도 할 수 있다면 피동적인 삶이 아닌 좀 더 능동적인 삶이 되지 않을까 한다. 살아 있다는 건 분명 축복받을 일이고 행복해야 하기 때문이다.

아, 한창기

한때 백과사전하면 브리태니커였던 시절이 있었다. 당시에는 지금처럼 한글 번역판이 아닌 영문 원서로 된 백과사전이었다. 따라서 어느 정도의 독해 능력 없이는 백과사전으로서의 효용가치는 낮을 수밖에 없었다. 그렇지만 이 백과사전이 서울의 부유층을 대상으로 판매가 잘되었고 급기야 세일즈맨의 전형이 되었고 각종 세일즈 신화를 낳기도 하였다.

1970년 중반으로 기억한다. 시골집 형님 앞으로 커다란 고급 상자의 소포가 하나 배달되었다. 소포 내용물을 아는 듯한 형님께서 포장을 풀어가는 데, 형님의 얼굴에선 뭔가 무거운 표정이 느껴졌다. 풀어진 소포의 박스에선 맨 처음 지구본이 나오고 다음에는 영어회화 테이프가 간이 책꽂이에 꽂힌 채로 나왔다. 다음으로 표지가 검으면서도 금빛 글씨로 음각된 두꺼운 책이 여러 권 나왔다. 나 또한 책 내용이 궁금하여 두꺼운 책을 펼쳐보니 온통 영문으로 되어있었다. 알고 보니 브리태니커 백과사전 세트였던 것이다.

고등학생이었던 내 눈에도 도저히 백과사전으로서의 제구실을 못할 이 책을 형님은 왜 사게 되었는지 궁금했다. 알고 보니 형님 친구 중의 한 분이 브리태니커 세일즈맨이 되어 고향에 내려와 술 한 잔 하면서 부탁을 하였기에 어쩔 수 없이 할부로 구입을 하였다는 것이었다. 한 동안 20여 권에 가까운 브리태니커 백과사전은 우리집 애물단지가 되어 방 한구석에 방치되는 신세를 면치 못했는데, 어느 날 방학 때 다시 시골에 가보니 그 책들이 보이지 않았다. 반품을 한 것이었는지 아니면 타인에게 양도되었는지 알 수가 없었지만, 당시의 브리태니커의 보급은 개발 산업화 과정에서 배워야한다는 무조건적 몸부림이었음을 부정 할 수 없다.

당시 한국에서 브리태니커 열풍을 일으킨 중심에는 브리태니커 초대 한국 지사장이었던 한창기 사장이 있었다. 그는 화려함 보다는 예스럽고 소박한 전통문화를 사랑했다. 전통문화뿐만이 아니라 민중의 생활에도 관심이 많았다. 급격한 산업 발전과 현대사회로 변해가는 와중에 소멸되거나 가볍게 넘기기 쉬운 민중 문화를 지키고 발굴하는 데 한 평생을 보냈는데, 사진작가를 대동해서 민중의 삶의 표정을 담느라고 전국을 누볐다. 한글 전용 가로쓰기 잡지인 '뿌리 깊은 나무' 와 '샘이 깊은 물' 을 창간하였고, 구전되어오는 판소리를 채보하고 칠첩반상기와 녹차와 찻그릇을 보급하기 위해 노력하였다. 제대로 지어진 초가집이 있다면 깊은 산골까지 직접 답사를 다녀오고, 구전가요 채보를 위해 그들과 몇 날을 함께 생활했고, 자신의 잡지에 게시할 문인들의 모든 원고를 우리말로 직접 퇴고를 하는 등 열정적인 삶을 이어갔다. 80년 신군부에 의해 아끼던 잡지가 강제 폐간 된 뒤에도 전국 방방곡곡을 찾아다니며 잊혀져가는 민중의 소박한 삶을 담은 '한국의 재발견'을 출간하기도 하였다. 한 마디로 전통문화에 심취한 마니아 중의 마니아였다.

미국에 스티브잡스가 있다면 우리나라에는 한창기가 있다고 할 수 있을 만큼 선구자적이고 열정을 불태웠던 분이었다. 두 사람의 공통점은 도전적인 목적의식이 강한 사람들이었다. 스티브잡스는 현대사회의 IT의 패러다임을 바꾼 선구자였고 한창기는 출판문화를 바꾸고 전통문화를 가꾼 선구자였다. 또한 심미안을 추구하는 미학적 디자이너였다. 그렇지만 둘 다 그들이 꿈꾸었던 결실을 이루지 못한 채 미완의 작품만을 남기고 생을 마감 하였다. 아쉬운 마음을 감출 길 없지만 두 사람은 이승에서 이루지 못한 꿈을 저승에서도 동분서주하고 있으리라는 확신이 든다. 요즘은 스마트폰으로 도서관이나 박물관의 자료들을 손쉽게 검색할 수 있는 데, 내 눈에는 두 사람이 하늘에서 만나 한창기가 남긴 잡지와 전통문화를 스티브잡스가 남긴 IT기술을 통해 교류를 하고 있다는 느낌이 든다.

한창기, 비록 엄격함과 융통성에는 아쉬움이 있었지만 '미치지 않고서는 이루지 못한다.'는 불광불급(不狂不及) 정신은 그의 문화 사랑만큼이나 앞으로도 잊히지 않을 것이다.

내가 정말로 나 자신을
사랑하기 시작했을 때

라디오 FM 음악 프로에서 찰리 채플린이 자신의 70세 생일 때 썼다는 글을 소개했다. '내가 정말로 나 자신을 사랑하기 시작했을 때' 라는 글이었는데, 이 글을 DJ가 낭송하는 동안 하던 일을 멈추고 나의 모습을 떠올리며 고즈넉하게 감상을 하였다.

내가 정말로 나 자신을 사랑하게 되었을 때

– 전략 –

내가 나 자신을 사랑하기 시작했을 때
난 건강을 위해 해로운 음식과 인간관계와 사물 그리고 상황을 가만히 내려놓았다.
그리고 나를 위축시키고 나의 영혼을 소외시키는 모든 것들로부터 자유로워졌다.

오늘 나는 그것을 '자기애'라고 부른다.

내가 나 자신을 사랑하기 시작했을 때

나는 바로 지금 이 순간을 느끼며 살기 시작했고 미래를 위해 거창한

계획을 세우는 일을 멈추었다.

나는 오직 내 자신이 선택해서 기쁨과 행복을 주는 것들

내가 사랑하는 일들과 가슴 뛰게 만드는 일들을 하며 지금 이 순간을 산다

오늘 나는 그것을 '단순성'이라고 부른다.

내가 나 자신을 사랑하기 시작했을 때

나는 더 이상 사람들 사이에서 일어나는 논쟁과 대립과 여러문제에 대

해서 두려워하지 않게 되었다.

왜냐하면 별들도 언제나 충돌을 하며 새로운 세계를 만들고

그것은 그 순간 가장 적절하게 일어나는 일이라는 것을 알고 있다.

지금 나는 알고 있다. 그것이 온전한 '나의 삶, 인생'이라는 것을.

_찰리 채플린

제 3자가 보기에는 한껏 부와 명예를 누렸기에 그저 행복했을 거
라고 여기는 찰리 채플린이었지만 그도 이렇게 회한에 찬 심정을
토로하는 것을 보니 내 자신에게도 한없는 회한이 밀려들었다.

언제부터인가 내 자신이 마이너 리거라는 인식과 함께 나 스스로를 반추해 보았을 때, 그동안 내팽겨쳤던 나 자신의 실존적 모습을 아우러야겠다고 생각했다. 그동안 나 자신을 학대하고 푸대접을 했던 적이 많았다. 자식으로써, 가장으로써, 사회 구성원으로써 주변의 기대감을 충족하기 위해 타인의 삶 속으로 나 자신을 맡겼던 지난 시절이 많았기에 느꼈던 자학이었다. 평소 여행을 좋아 한다고 했지만 단체나 가족여행이 아닌 나 자신을 위해 떠나 본 여행은 한번도 없었다. 이제는 나 자신도 힐링이 필요할 때라 여기고 있던 중, 때마침 여동생의 권유와 배려로 수일에 걸쳐 동해안과 남해안의 바다를 보며 나 자신을 아우르기 시작했다.

나는 2남 5녀의 남매 중에 5번째 차남으로 태어났다. 장남인 형님과는 11살 차이로 형님이 사회에 진출하고부터는 주로 누나와 여동생 사이에서 사춘기를 보냈다. 아들이라는 특혜 속에 부모님을 비롯한 가족에게 특별한 대우를 받고 자랐음은 부인할 수 없는 사실이다. 그러나 사회 통념상의 기준으로 나는 성공의 길을 걷지 못했다. 가족의 기대에 부응하지 못한 채 실망감을 보여준 스스로에게 한없는 저주를 보낼 뿐이었다.

구순이 되신 어머니는 딸들에 비해 아들인 나를 아직도 특별대우를 한다. 부모의 심정은 모두 같다고는 하지만 난 이런 대우가 싫다. 어머니를 모시고 있어서 그런지 주변에서는 나를 효자로 인식하고 있지만 난 결코 어머니께 자상한 아들이 되지 못하고 있다. 항시 어머니께 살갑고 자상한 모습을 보여드리려고 다짐 하지만, 막상 어머니의 특별대우가 느껴지면 나도 모르게 짜증이 난다. 정확히 말하면 나 자신에게 낼 짜증을 어머니께 전가하며 내는 불만이다.

나는 중학 시절에 고등학교 진학을 위해 광주로 온 누나를 따라 함께 전학을 왔다. 그렇지만 두 여동생은 시골에서 계속 학교를 다녔다. 어린 여동생들은 나를 무척이나 부럽게 여겼지만 함께 전학해 달라고 부모님을 조르지는 않았다. 어린 마음에도 알게 모르게 딸이라는 숙명 속에서 부러움과 서러움만을 느끼며 시골에 남았을 것이다. 그러나 어린 시절 소외되었던 두 여동생과 나의 현재 생활을 비교해 보면 별 차이가 없어졌다.

오히려 지금 여동생들이 사는 것이 나보다 한층 여유가 있는 것 같다. 같은 남매지만 유구무언을 넘어서서 내 스스로 자학을 할 수밖에 없는 상황이 되었다. 이런 자학과 자괴감은 부모님과 가족의 기대에 사회적 충족을 이루지 못한 책임감에 대한 죄책감 내지는 회한인 것이다. 중년이 되면 한 번쯤 이종영의 '바보처럼 살았군요', 이남이의 '울고 싶어라'를 애창 한다고 한다. 이 노래들은 자신이 추구해왔던 삶의 목적에 도달하지 못한 미완성의 안타까움과 자학이 베어나는 노래다. 이 노래를 들을 때마다 나 자신이 추구했던 삶의 목표와 가족이 생각하고 있는 삶의 목표와의 차이를 생각한다. 아마도 내 가족이 생각하는 목표보다 나 자신의 목표가 높았을 것이라는 생각이 든다. 그렇다고 보면 나 자신의 역량에 비해 애당초 나의 목표가 너무 높지 않았나를 들여다볼 필요가 있다. 주변의 기대와 자신의 기대를 모두 충족한 성취감과 행복감은 이 세상 무엇과 견줄까마는 우리의 인생이라는 게 어디 그리 호락하던가. 생의 본질과 목표인 행복의 전략은 결코 바뀔 수 없지만 행복으로 가는 길의 전술은 때로는 궤도 수정을 할 필요가 있는 게 우리네 삶이 아니겠는가. 그러기 위해서 나 자신을 우선 사랑하고 싶다. 자기애 속에서 자신의 능력에 부합하는 실존적인 내 모습을 겸허히 갖춘 후에 무쏘의 뿔처럼 내 생에 남은 길을 걸어가는 것도 의미 있는 삶이 되지 않겠는가. 찰리 채플린의 글을 읽으며 다시 한 번 존중, 자존, 자기애, 겸손, 단순, 충만을 되새겨 본다.

2부

한 잔의 술을 음미하며

쿵쿵이와 쿵둥이

딸아이가 두 마리의 고슴도치를 분양 받아와 정성을 다하여 기르고 있다. 오빠 격인 수컷의 이름은 '쿵쿵이'로, 여동생 격인 암컷은 '쿵둥이'라고 이름도 지었다. 쿵쿵이라는 이름은 딸아이가 지었고 쿵둥이라는 이름은 내가 지었다.

오늘도 딸아이는 두 고슴도치에 정성을 다한다. 두 마리를 정기적으로 목욕시키고 용돈을 모아 먹이를 사고 얼마 전에는 나와 함께 동물병원에 가서 종합검진까지 받고 왔다. 검진 결과에 따라서는 링거를 맞을 수도 있다고 하는 데 사람 못지않은 호사를 누리는 것만 같다.

고슴도치의 새끼 사랑은 잘 알려져 있다. 흔히 부모와 자식 관계를 이야기 할 때도 빼놓지 않고 등장하는 동물이다. '고슴도치도 자신의 새끼들은 예뻐한다.'라는 이야기가 있다. 이는 고슴도치가 못생긴 동물의 대명사 인 듯 하는 데 막상 딸아이가 기르는 것을 지켜

보니 못생겼다는 것에는 동의할 수 없음을 느낀다.

날카로운 털을 가지고는 있지만 목덜미에서 배에 이르는 하얗고 보드라운 털은 토끼털만큼 예쁘고, 초롱초롱하고 동그란 눈매를 바라보면 그렇게 맑을 수가 없다. 이 지극정성을 다하는 고슴도치가 야행성이라 그런지 해가 떠 있는 시간에는 온종일 잠만 잔다. 딸아이가 잠을 자기 위해서 전깃불을 끄면 그때야 조금씩 움직이며 먹이도 먹고 회전 틀도 탄다.

반려견은 주인을 보면 꼬리치는 애정을 표하지만 고슴도치는 도무지 주인을 알아보는 표정이 없다. 다만 고슴도치를 만졌을 때는 주인을 알아보는 기운이 느껴진다. 딸아이 외에는 날카로운 가시 털을 치켜세우지만 딸아이가 만졌을 때는 가시 털을 세우지 않고 다소곳이 품에 안긴다. 이런 모습을 보고 왜 하필이면 주인에게 별 반응이 없는 고슴도치를 기르느냐고 물었더니 딸아이가 나지막한 음성으로 속삭이듯 이야기 한다.

"고슴도치를 기르는 것은 짝사랑을 경험하는 것이래."

다소 서글픔이 느껴지는 딸아이의 이야기에서 순간적으로 가슴이 찡해지는 것을 느꼈다.

흔히들 부모와 자식 간의 사랑은 '내리사랑'이라고 하지만 막상 자식을 낳고 키워보니 '짝사랑'에 가깝다는 생각이 든다. 내 자신 스스로를 돌아볼 때 항시 후회와 아쉬움이 크지만 긍정적인 결실 중의 하나는 두 아이가 태어났다는 것이다. 35세에 결혼한 나는 친구들에 비해 늦은 결혼이었기에 아이의 탄생을 기다렸다. 그리고 연년생으로 딸과 아들을 차례로 낳았다. 두 아이가 커 가면서 딸아이는 편도선 수술로 병원 신세를 졌고, 아들은 태어난 지 일주일 만에 바이러스에 감염되어 병원 신세를 졌다. 한때나마 엄마, 아빠의 마음을 아프게 했지만 그 이후로는 잔병치레 없이 건강하게 자라주었다. 연년생인 두 아이의 성격은 대비되는 게 많다. 딸아이는 표현력이 풍부하여 자신의 의견은 확실히 피력한데 비해 아들은 내성적으로 그다지 내색을 하지 않는 편이다. 내 성격과 아내 성격을 비교해보면 딸아이는 나를 닮은 것 같고 아들은 아내를 닮은 것 같다. 음악적으로 말하면 딸은 스타카토(staccato) 적이고 아들은 레가토(legato) 적이다. 딸이 박자를 꼭꼭 지켜가며 힘이 있게 부르는 동편제라면 아들은 두리뭉실하게 넘어간 듯한 애달픈 가락의 서편제이다. 그동안의 소질을 보더라도 딸은 야구 선수 출신의 허구연과 같은 기크(geeks) 적이고 아들은 체육 교사 출신의 하일성과 같은 슈링크(shrinks) 적이다. 어려서 그림을 좋아했던 딸아이는 미대 진학을 하였고 자신의 장래에 대해서 확신을 가지고 있기에 한시름 놓고 있지만, 고등학생인 아들에 대해서는 약간의 염려스런 마음이 있다. 아직 아들의 소질을 파악하지 못했고 같은 또래에 비해 체구가 작기에 학교생활에서 의기소침해하지 않을까 하는 염려이다.

아들과 대화중 키 이야기가 나오는 경우가 있다. 이때 아들에게, 키가 작은 것은 너의 잘못이 아니고 부모의 영향이기에 자학하지 말기를 당부한다. 대신 자신의 의견을 피력할 줄 아는 용기는 키와 관계가 없다는 것을 강조한다. 내 자신도 사춘기를 지날 때까지는 작은 키에 대한 콤플렉스를 갖고 살았지만, 성인이 되고 보니 키가 작다는 이유로 생활에 불편한 것은 하나도 없었다. 사춘기 아들의 입장에서는 얼마나 설득력 있는 이야기인지는 모르겠다.

어느 날 아들의 SNS 자기 프로필에 '난, 나의 길을 걸을 뿐'이라는 이미지 파일을 올려놓아 적이 반가웠다. 모든 사람이 완벽한 팔방미인이 될 수는 없는 것이니, 넌 너의 길을 걷는 것이 최선의 방법이고 나아갈 방향이라고 용기를 북돋아 주었다. 사실 부모의 마음으로야 공부를 포함해서 모든 것을 잘하기를 갈망하지만, 모두가 다 공부로 성공할 수 없을 바에야 공부 외의 차선책을 찾아야만 한다. 그러기 위해서는 사회성이라도 빨리 길러서 자신감을 가질 수 있도록 지원을 하고 있다. 난 아이들이 사회생활에서 기죽지 않고 잘 적응하는 것을 연습하기 위해서 되도록 많은 경험을 하게 한다. 여러 가지 운동을 수박 겉핥기로라도 한 번씩은 해보게 했다. 성인들이 출입하는 호프집이나 노래방, 커피점 등에도 가끔 대동하고 다닌다. 그것은 사회에 나갔을 때, 아빠와 한 번씩 경험해 본 것은 당황하지 않고 낯익은 여유를 가질 수 있지 않을까 하는 바람에서이다.

자식과 부모의 관계는 서로의 은혜와 사랑으로 살아가는 공통된 믿음이 있지만 사랑의 강도와 방법은 다를 수가 있다. 그래서 자꾸

사랑의 마음을 확인하게 되고 그 사랑의 강도가 다를 때 부모와 자식 간에도 마음의 상처를 받는다. 딸아이는 고슴도치를 기르는 것은 짝사랑이라고 했지만, 나 또한 자식을 키우는 것이 내리사랑보다도 짝사랑에 가깝다는 생각이 든다. 내리사랑이든 짝사랑이든 사랑만큼은 부모와 자식 간의 절대 위안이라고 할 수 있겠다.

한 잔의 술을 음미하며

　가족이 잠이 든 조용한 시간이다. 독서를 하다말고 냉장고를 열어본다. 한 귀퉁이에 시원한 맥주가 있다. 인어의 형상을 한 크리스털 잔에 거품 가득한 맥주가 넘쳐 오른다. TV를 켜며 나 홀로 한 잔의 술을 음미하기 시작한다. 이 또한 하루의 일과 중에 빼놓을 수 없는 행복한 시간이다.

　내가 언제부터 술을 알았고 언제부터 마시기 시작했던가. 두 번째 잔을 기울이며 오늘은 문득 술과의 인연을 회상해본다.

　중학교 2학년 무렵, 나는 큰 누나를 통해 박인환의 詩 '목마와 숙녀'를 알게 되었다.

　'한 잔의 술을 마시고 / 우리는 버지니아울프의 생애와 목마를 타고 떠난 숙녀의 옷자락을 이야기 한다.' 라는 첫 행에서 '한 잔의 술' 이라는 표현이 너무도 멋지게 느껴졌다.

　그러나 술을 마실 수 없는 중학생이었기에 상상으로만 그쳤다. 하지만, 이 詩로 인해 처음으로 술에 대한 긍정적인 생각을 하였던 기억이다.

그간에는 술에 대한 부정적인 생각이 강했었다. 그 부정적인 기억은 아버지를 통해서였다. 건축 사업을 하셨던 아버지는 하루 일과가 끝나면 인부들과 함께 술에 취한 적이 많았다. 평소엔 말 수가 적고 점잖은 편인 아버지였지만 술에 취하면 큰소리를 지르고 말이 많아지는 편이었다. 술에 취해 집으로 오시면 빨리 잠이 들지 않고 어머니와 다투는 횟수도 많았다. 가끔은 가정교육이라는 명목 하에 어린 남매들은 졸린 눈을 비비며 아버지의 훈시를 들어야만 했다.

나는 이런 상황이 너무도 싫었다. 평소엔 그렇게 좋으시던 아버지가 취하면 증오스러워지는 이유가 술에 원인이 있다고 생각했다. 그렇기에 나는 평생토록 술을 마시지 않으려고 작정을 하였었다.

대학생이 되어서도 술에 대한 낭만을 나에게서는 전혀 찾아 볼 수가 없었다. 그러던 중 잠시 하숙을 하게 되었었다. 그 하숙집은 장교들이 주로 숙식을 하는 집이었다. 당시의 광주에는 대한민국 장교라면 반드시 교육 훈련 상 거쳐 가는 상무대(尙武臺)라는 군 교육 부대가 자리하고 있었다.

하숙집에는 육군사관학교 출신의 장교와 ROTC 출신의 장교가 있었다. 그런데 군인 월급날이 되면 같은 출신끼리만 외출을 하여 술을 마시는 것이 눈에 띄었다. 이 사실이 궁금해서 하루는 ROTC 장교들의 술좌석에 따라가게 되었다. 그러나 장교들은 내가 궁금해

하는 사실들을 말해주기는커녕 억지로 생맥주를 마시게 했다. 이런 일이 반복되면서 장교들끼리 나누는 이야기들에 점차 흥미가 느껴졌다. 특히 충청도의 C대학교를 졸업한 ROTC 출신 장교가 있었는데, 이 장교는 정치, 경제, 역사, 문화 등 다방면에 걸쳐 해박한 지식을 가지고 있었다. 이 장교의 이야기를 듣고 있노라면 나도 모르게 맥주잔이 한 잔 두 잔 비워지는 것이었다. 이때부터 서서히 호프의 참맛이라는 맥주의 맛을 알게 되었다. 진정 술을 좋아하게 된 배경 중의 하나는 당나라의 시선 이백(李太白)을 빼놓을 수가 없다. 이백은 "석 잔의 술을 마시면 노장의 이른바 무위자연의 대도를 깨우칠 수 있고, 한 말의 술을 마시면 자연의 섭리, 그 핵심과 합치가 된다."라고 하였다. 술의 취기가 오르면 왠지 센티멘털해지고 철학에 대한 관심이 깊어지는 무렵에 알게 된 이백의 〈월하독작(月下獨酌其一)〉은 과히 술을 마시는 진수를 알게 하는 것 같았다. 지금도 취기가 오르면 가끔 월하독작(月下獨酌其二)이라는 詩를 콧노래처럼 흥얼거리게 된다.

꽃 사이에 앉아 / 혼자 마시자니 / 달이 찾아와 / 그림자까지 셋이 됐다 달도 그림자도 / 술이야 못 마셔도 / 그들 더불어 / 이 봄밤 즐기리 내가 노래하면 / 달도 하늘을 서성거리고 / 내가 춤추면 그림자도 춘다. 이리 함께 놀다가 / 취하면 서로 헤어진다.

그간에 내가 갖고 있던 술에 대한 인식은 부정적인 요소가 강했지만, 이백의 詩를 알고 나서는 술에 대한 멋스러움이 느껴지기 시작했다. 그리고 결국, 술을 사랑하게 되었다. 대신 몇 가지 주도 원칙(酒道 原則)을 정했다. 술을 마시면 절대 남에게 혐오감 있는 행동을 해서는 안 되고, 정신을 잃을 정도로 과음하지 않고, 정신과 육체를 주체할 정도까지만 즐겁게 마시는 것을 원칙으로 정했다. 이 원칙은 지금까지 대체적으로 잘 지키고 있는 편이다. 술에는 장사(壯士)가 없다고 하였다. 술은 취하기 위해서 마신다지만 많이 마시면 취하게 되고, 취하게 되면 감정의 자제가 힘들어 진다. 감정의 자제가 힘들어지는 상황에서 마시는 술은 순간적으로는 스트레스가 풀리는지 모르지만 다음날 육체의 피로와 정신적인 후회가 동반될 수 있다. 술은 남녀를 불문하고 너무 시끄럽지 않고 의연하게 마시는 사람이 참 보기 좋다. 이것은 인간의 정신력과도 어느 정도 일치한다고 생각하기 때문이다.

　　연말이 되면 술좌석은 더 많아진다. 과음의 유혹에서 벗어나기가 쉽지 않다. 그러나 술좌석을 외면하지는 않는다. 다만 내가 정하는 주도 원칙에 따라 술에 먹히지 않기를 바랄 뿐이다.

　　오늘 하루도 저물었다. 이제 정리와 휴식의 시간이다. 한 잔의 술을 음미하기 위해 나 홀로 독작(獨酌)의 건배를 외친다. 그리고 마음의 여유와 내일의 희망을 꿈꾸어본다.

커피 향에 어리는 갈색 추억

내 행복 중의 하나는 가족과의 산책이다. 휴일엔 이른 저녁을 먹고 집을 나서면 땅거미가 내려서고 네온이 하나 둘 켜져 간다. 인근의 공원이나 호수에서 산책을 마치고 분위기 있는 커피 전문점에 들어선다. 갈수록 고급스러워지는 커피 전문점에서 아내와 나는 커피를 마시고 아이들은 자신에게 맞는 차를 마시는 호사를 누린다.

호젓한 호사 속에 누리는 가족과의 담소는 사노라면 느끼게 되는 행복 중의 하나이기에 과지출을 아까워하지 않는다. 내가 언제 커피를 알게 되었고 언제부터 커피를 마셔왔던가 잠시 상념에 잠겨본다. 먹거리가 많지 않았던 유년에는 배가 고프거나 군것질이 생각나면 부엌에 들어가 설탕을 자주 먹었다. 물론 어머니 눈을 피해서이다.

어느 날엔가 설탕 통 옆으로 갈색 가루가 담긴 예쁜 병이 함께 놓여 있었다. 한글이 아닌 온통 영어로만 쓰여 있었기에 갈색 가루가 초콜릿 가루 같아 향을 맡아 보았다. 그때까지 알고 있던 초콜릿 향과는 다르다는 것을 알고 손에 찍어 맛을 보았다. 예상했던 고소한 향과는 다르게 맛은 썼기에 그다지 관심의 대상이 되지 못했다. 그러던 어느 날 어른들이 마시는 커피를 눈여겨보니 설탕을 넣고 마시는 거였다. 가족이 없는 틈을 타서 나도 커피에 설탕을 듬뿍 넣고 마셔 보았는데 쓴맛은 여전했지만 설탕 맛 사이로 고소한 맛을 느낄 수 있었다. 커피의 고소한 맛은 그때 처음 느꼈던 것 같다.

본격적으로 커피를 마시기 시작했던 것은 그 추운 겨울에 대학입시 관문인 예비고사를 치르던 날이었다. 시험이 끝나고 친구들과 어울려 이제는 어른이 된 기분으로 광주의 중심가인 충장로를 활보하다 어느 다방에 들어섰다. 커피를 마시는 손님들의 시선이 어색하게 느껴졌지만 우리는 당당히 커피를 주문하였다. 주문된 커피를 가소롭다는 듯한 표정으로 여종업원이 커피를 내려놓는데, 지금까지 가루로만 알았던 크림이 우유처럼 생긴 액체 크림으로도 존재한다는 것을 처음 알았다. 커피보다도 맛이 궁금했는데, 과연 그 액체 크림은 커피와 함께 너무도 고소한 맛을 느끼게 하였다.

커피를 마시며 주위를 둘러보았다. 시내 중심가의 다방인지라 조용하고 깨끗하고 당시로써는 화려한 인테리어였다. 가습기에서 뿜어져 나오는 유유한 증기 사이로 조용한 음악이 흐르는 분위기에서의 커피 맛은 미각으로 느끼기 보다는 시각에 의한 맛을 느끼게 하였다. 이후로는 DJ가 있는 음악다방이 많이 생겼고, 음악을 듣기 위해 자주 드나들며 커피를 마셨던 기억이다. 커피가 대중화 되면서 자동판매기에서 가볍게 마시는 종이컵 커피의 맛 또한 잊지 못한다. 학교와 병역을 마치고 취업을 위해 도서관을 다닐 때였다.

어느 날 휴게실이 아닌 복도 끝에서 일광욕을 즐기듯이 오후의 햇살을 한껏 받으며 창가를 내려다보는 어느 여학생의 뒷모습이 눈에 띄었다. 빨간 티의 청바지 차림에 소리 없는 깊은 상념에 젖어 한 모금 한 모금 조심스레 커피를 마시고 있는 모습이었는데, 소탈한 모습답게 손끝에 들려있는 커피가 담긴 하얀 종이컵 분위기가 고소함을 넘어 달콤함을 느끼게 하였다. 아내도 자판기 커피를 좋아한다. 언젠가 나를 기다리던 중에 빨간 계통의 티를 입고 자판기 커피를 조용히 마시고 있는 뒷모습을 보았다. 청바지를 즐겨 입지 않아 면바지 차림의 아내였지만 그때의 여학생 모습이 오버랩 되어 속으로 가만히 웃은 적이 있었다. 안타까운 기억도 있었다. 시내에 있는 고전음악감상실에서 가끔 커피를 마신 적이 있었다. 한때 법정 스님이 해제일이 되면 송광사 불일암에서 내려와 광주에 오면 가끔씩 들르던 고전음악감상실이었다. 고전 음악실에 갈 때에 나는 항상 혼자 가는 습관이 있었다. 아무래도 음악 감상을 하려면 혼자여야 타인의 방해를 받지 않고 음악 감상을 할 수 있기 때문이었다.

그날은 추적추적 비가 오는 날이었다. 용돈이 풍부하지 않던 시절이기에 평소엔 가장 싼 일반 커피를 주로 마셨지만, 그날은 색다른 커피가 마시고 싶어졌다. 메뉴를 보아하니 발음도 어려운 커피가 있어 그 커피를 주문하게 되었다. 잠시 후 커피가 나오는 데 여종업원이 아닌 남자종업원이 내 자리로 커피를 가져오는 중이었다. 자세히 보니 커피 잔뿐만이 아니라 플라스크와 알코올램프까지 가져오는 것이 아닌가.

내가 주문한 커피는 손님 탁자에서 알코올램프로 플라스크를 데워 직접 원두커피를 만들어주는 메뉴였던 모양이다. 아르바이트인 듯한 청년의 서툰 손놀림으로 조립이 되어가던 중 플라스크가 깨지고 말았다. 일순간 서로의 놀란 눈빛이 교환되고 청년은 다시 똑같은 플라스크를 가져왔다. 재차 조립하는 청년의 손목 힘이 너무 강하여서인지 이번에도 플라스크가 깨지고 말았다. 두 번째 플라스크마저 깨지고 나니 내가 너무 번거로움을 주었다는 미안함에 일어서려는데, 책임자가 다가와 연신 미안하다는 말과 함께 다시 가져오겠다고 한다. 그러나 나는 사양하였다. 후에 꾸중을 듣게 될 청년의 모습이 어른거리기도 하고, 나 또한 두 번이나 깨질 정도로 번거로운 커피를 마실 수 있는 마음이 없어져 버린 것이다.

요즘은 커피가 있는 북카페에 관심이 많다. 내가 은퇴하면 해보고 싶은 것이 북카페이다. 영리를 목적으로 한다기보다는 아내와의 노후를 책과 커피 그리고 북카페 분위기를 아는 사람과 함께 즐겨보고 싶어서이다. 나와 아내가 직접 운영을 하기에 유지비가 많이 들지 않고 최소 관리비의 매출만 발생할 수 있는 작고 아담한 북카페를 만들어보고 싶은 생각을 한다.

커피를 마시다 보면 단맛, 쓴맛, 고소한맛, 신맛이 느껴진다. 어찌 보면 인생의 반복되는 과정과도 비슷하다. 즐거울 때는 고소한 맛이 느껴지고 괴로울 때는 쓴맛이 느껴진다. 복잡한 심경에서는 설탕의 단맛만 느껴지고 홀로 마실 때는 신맛이 느껴진다. 아들과 마시는 커피는 귀여움을 느끼고, 딸과 마시는 커피는 사랑스러움을 느끼고, 아내와 마시는 커피는 고요함을 느낀다. 똑같은 커피를 마실 때에도 이토록 다른 맛이 느껴진다는 것은, 사람은 세상사 마음 먹기에 달려있는 것 같다. 커피는 경직된 마음을 동화시켜준다. 그리고 마음을 여유를 갖게 해준다. 이렇게 갖게 되는 여유를 주변의 여유로까지 만들고 싶다. 이제 또 한 잔 커피를 음미하기 위해 물을 끓여야 할까 보다.

돌고돌고돌고

강천사로 들어서는 발걸음이 가볍다. 일탈의 기분이 느껴져서이
다. 산사의 정적인 분위기에 젖어 고즈넉한 풍경 속으로 정체된 긴
한숨을 토해낸다. 정화된 기분이 폐부 깊숙이 녹아든다. 산사를 좀
더 자주 찾을 수 있기를 매번 기원하지만 언제나 염원에 그친다. 돌
아서면 망각에 빠지고 망각을 지나면 또다시 염원하기를 몇 번이나
반복하였던가. 갓 성인이 되던 해에 갑작스레 선친을 여읜 슬픔이
남아서였는지 지난날 나의 젊음은 온통 잿빛 수채화였다. 인생의
허무와 궁핍을 끼고 살았던 나날이었다.

그 시절 강천사의 비구니가 쓴 자전에세이『나는 왜 속세를 떠났
는가』를 읽은 적이 있었다. 비평준화 시절에 광주의 명문 여고를 다
니다 중퇴하고 비구니가 된 사연의 글이었는데, 감수성이 예민한
시절이어서인지 출가승의 애처로움에 한껏 동화되어 까닭 모를 연
민이 느껴지기도 하였다. 강천사는 당시의 완행버스로 2시간 이내

에 도달할 수 있는 거리였기에 조만간 찾아가 보리라 마음먹었지만, 교통이 불편했던 시절이었기에 차일피일 미루다 친구들과 찾아갔던 게 크리스마스이브였다.

저잣거리는 캐럴에 휩싸여 들뜬 분위기였지만 산사의 밤은 적막강산이었다. 민박집에서 하루를 묵은 다음날 아침 일찍 경내를 둘러보았다. 인적은 없고 침묵만이 흐르는 도량을 산책하다 스님들 처소를 지나게 되었다. 하얀 고무신이 가지런히 놓인 댓돌을 지나 부엌을 기웃거리는데 등 뒤에서 인기척이 들린다. '거기는 출입하는 곳이 아닙니다.' 라는 조용한 음성이 들린다. 비구니이었다. 강천사에는 여러 비구니가 수도 중이었지만 눈대중으로 두 눈 크고 얌전하게 생긴 얼굴이 그 책에서 각인된 주인공 같았다. 비구니를 만나면 몇 마디 건넬 심산이었지만 선입견이 강해서였는지 비구니의 얼굴에서 속세의 일반인은 범접할 수 없는 분위기를 느꼈다. 결국 한마디 말도 건네지 못하고 돌아오고 말았다.

30여 년이 지난 지금의 강천사는 많이 변해있었다. 흑백 분위기가 컬러 분위기로 바뀌었고 관광객을 위한 시설이 많이 들어선 관계로 현대화된 관광지의 사찰 분위기가 되었다. 인공폭포도 생기고 구름다리도 생겼다. 산문 입구엔 대형주차장과 현대화된 식당이 줄지어 들어섰다. 강천사가 변했듯이 나 자신도 많이 변했다. 지금 이후로도 강천사는 더 변할 것이고 나도 더 변할 것임은 자명한 일이다. 정식 종교는 없지만 아내와 나는 법당에 들어 간단한 예불을 드리고 강천사를 돌아 나온다. 산문을 들어서게 되면 법당을 향해 걷기에 세세한 풍경은 눈에 들어오지 않지만, 산문을 나서게 되면 주위의 풍경을 유심히 살피며 걷게 된다. 계곡을 따라 우거진 노송의 잔가지 사이로 다람쥐와 흡사한 청설모가 언뜻언뜻 모습을 나타낸다. 그러다 쏜살같이 사라진다. 찰나의 순간은 이보다 얼마나 더 짧은 시간일까를 헤아리다 문득 뉴질랜드로 이민 간 죽마고우가 생각난다.

친구와는 가끔 메신저에서 만난다. 친구의 첫 마디는 언제나 '별일 없느냐?'로 시작하고 나의 대답은 한결같이 '다람쥐 쳇바퀴 돌 듯 한 생활, 이상무!'이다. 이국에서의 외로움을 고국의 희소식으로 달래려는 친구에게는 무성의한 답변으로 들릴 수 있겠지만, 시간이 흐를수록 내 생활의 하루는 다람쥐 쳇바퀴 돌 듯 반복되는 단조로움에 익숙해져 가고 있다. 9시 출근길에 야쿠르트 아줌마를 만나고, 교차로 신호대기를 기다리는 중에는 길 건너 편의점의 주인과 시선이 마주친다. 10분 거리의 사무실에 당도하면 아침 청소 중인 건물주 식당 주인과 아침 인사를 나누게 된다. 12시가 되면 식당 주인의 분주한 모습을 바라보며 식사를 위해 집으로 향한다. 교차로 신호등에서는 무의식적으로 편의점 주인을 바라보게 된다. 편의점 주인은 내 시선을 피해 벽시계를 바라보며 정오를 짐작 하는 듯하다. 점심 휴식이 끝나고 사무실을 향하는 길에는 언제나 우체국 집배원을 만나거나 우편물이 수북한 빨간 오토바이를 보게 된다. 저녁 6시 퇴근길엔 식당 주인과 유리창 너머로 퇴근 인사를 전하며 신호등을 기다리며 편의점의 새로운 알바생의 표정을 살핀다. 아파트 입구에 들어서면 병원의 주간 근무를 마치고 제시간에 퇴근해 오는 아내가 보이는지 아파트 주위를 살핀다. 저녁 식사 후 가벼운 산책을 하고 9시 뉴스를 보고 밤늦은 아이들 마중이 끝나면 자정이 가까워져 온다. 라디오 심야 음악프로를 들으며 작은 회사의 오너로서 1인 다 역의 밀린 일을 처리하며 하루를 마무리한다. 지인과의 모임이나 집안의 행사가 없으면 휴일에도 큰 변화가 없다. 오전 집안의 잡무가 끝나면 오후엔 일주일에 못다 한 1인 다역의 밀린 일을 하고 저녁엔 가족과 산책을 한다. 9시 뉴스를 보고 독서를 하고 맥주 한 잔을 마시고 나면 일주일의 마지막이 끝나게 된다.

잠자리에 들기 전, 오늘의 아쉬운 점은 내일은 잘하기로 반복적인 다짐을 한다. 나아가 올해 어려웠던 생활이 내년에는 나아질 거라는 희망을 반복하고 가족의 안녕을 반복한다. 어느 순간부터 이렇게 시작된 다람쥐 쳇바퀴 돌듯 한 생활이 무언가에 저당 잡힌 듯한 아쉬움에 마음이 무거워지기도 한다. 사회생활이란 이런저런 사람과의 관계로 살아간다.

어느 학자의 이야기로는 자신과 알게 모르게 부딪치며 살아가는 지인의 관계가 300명 내외라고 한다. 내 휴대전화에는 거래처 전화번호까지 포함해서 100명을 넘어서지 못하는 것을 보면 내 생활의 활동 영역이 단조로울 수밖에 없다는 자각을 하게 된다. 한때는 이토록 단조롭게 반복되는 생활에 변화를 주려고 몇 가지 시도도 했지만, 지금의 틀에서 크게 벗어나지 못했다. 지천명에 접어든 요즘 들어서는 어쩌면 이런 단순하고 반복적인 생활이 나에게는 안정된 생활로 정착되어 가는 것 같아 생활의 변화에 조급해하지 않는다. 나와 내 가족의 정서에 맞게 라이프스타일이 완성되어가는 정상적인 수순으로 가고 있다는 확신이다. 하루하루 반복되는 삶, 후회와 반성 그리고 기쁨과 즐거움의 반복은 불가에서 이야기하는 거대한 윤회설로 결부시켜 본다. 그리고 살며시, 오던 길 뒤돌아서 강천사를 바라보며 마음속 합장을 한다. 돌고돌고돌고.

바람과 구름 그리고 비가 되어

침묵의 잿빛에 젖어 화가 한인현의 행복한 그림일기 『꿈』을 읽고 있다. 청빈하고 선비적인 삶 속의 행복한 그림을 감상하다 '개봉동 가는 버스에서'라는 그림에서 시선이 멈춘다. 나에게 보여주려는 그림 속의 행복을 찾으려 미간에 힘을 주어 뚫어져라 응시를 한다.

그림 속의 모습은 결코 행복한 모습이 아니다. 그림은 두 딸의 가장인 가난한 화가가 삽화료를 받으러 왔다가 빈손으로 돌아가는 심정을 묘사하고 있다. 굶주린 배, 용돈을 기다리고 있을 두 딸을 생각하며 상심에 젖은 모습으로, 머리 위에는 개봉동 가는 허름한 버스의 손잡이가 욕심과 영화를 포기하라며 손사래를 치듯이 흔들거리고 있다.

그림은 결국 현실을 겸허히 받아들이겠다며 턱을 괴고 앉아 있는 심약한 모습으로 내 마음에 투영된다. 투영된 그 모습과 내 영혼을 연관 시켜보니 분명 내 자신은 행복한 사람임에 틀림이 없다. 그러나 나 혼자만 행복한 것 같아 미안한 마음에서인지 자꾸만 그림에서 눈을 떼지 못하고 있다. 시간이 제법 지났건만 눈이 쉽게 떼어지지 않는다. 왜 그럴까…… 그렇다, 어디서 많이 본 듯한 낯익은 모습이었기 때문이다.

젊은 날 궁핍했던 나의 모습이 빛바랜 '안양 가는 버스' 속으로 빨려 들어간다. 내가 학교를 마치고 사회에 진출하여 취직을 준비하던 때이다. 지방에서 졸업은 하였지만 변변한 취직자리를 얻지 못해 결국 서울에 있는 전산학원을 다니기로 하였다.

6개월 학원을 우수한 성적으로 마치면 취직이 보장된다는 광고를 믿었었기 때문이었다. 그러나 서울 생활을 해본 적이 없었고 서울에 연고도 없는 나로서는 숙식이 문제였다. 6개월 학원비도 없는 상황에서 하숙까지 한다는 것은 당장은 불가능한 일이었다.

궁리 끝에 마침 인천의 I대학교를 만학으로 입학한 죽마고우가 있어 사정을 이야기했다. 그 친구 또한 어려운 집안 형편이라 작은 방에서 혼자 자취를 하고 있었다. 결국 단칸방 사글세는 친구에게 탕감을 받고 생활비만 절반씩 부담하여 6개월을 함께 살기로 허락을 받았다. 단, 시골의 친구 부모님께는 걱정할 것을 염려해서 당분간 비밀로 하기로 했다.

인천 주안역에서 종로까지 6개월 통학을 하며 취직을 목적으로 학원 생활이 시작되었고 그리 어렵지 않게 공부를 했다. 속으론 '이 정도 성적이면 학원 수료와 동시에 우선으로 취직이 되리라.'고 믿었다. 그러나 나에게 취직 추천서는 돌아오지 않았다. 추천 조건에 지방 출신이라는 핸디캡이 있었던 것이다.

친구와 약속한 6개월이 다되었기에 무작정 취직될 때까지 친구 집에 신세를 질 수는 없었다. 그때 마침 안양에서 자취를 한다는 대학 동기를 우연히 만났다. 그 친구에게 사정을 이야기하니 학원과 멀기는 하지만 나만 괜찮다면 안양에서 함께 지내자고 하였다. 가방과 보따리를 안고 안양의 친구 자취방에 도착한 나는 눈물이 핑 돌고 말았다. 친구의 자취방은 이 층 지붕 아래의 다락방이었던 것이다. 방의 맨 가운데에서나 허리를 펴서 설 수 있고 양옆으로는 경사 된 지붕 밑을 따라 허리를 굽혀야 했다. 그러나 현실은 거역 할 수는 없는 것이었고 만만치 않은 인내를 요구했다. 시간이 흐를수록 취직이 늦어져 초조감은 더해 갔다. 생활비는 어려운 환경의 누나와 여동생에게 교대로 도움을 받았지만 점심을 굶는 횟수는 점점 늘어갔다.

오늘은 행여 추천서가 들어왔겠지 하는 바람으로 학원에 나갔다가 허탕을 치고 돌아올 때는 이 세상 모두가 나와는 별개인 것처럼 느껴졌다. 상심과 배고픔에 젖어 안양행 시내버스 손잡이를 잡고 흔들거리는 내 모습이 참으로 미웠다. 내가 취직을 하여야만, 내 집안이 중심을 잡을 텐데 어찌하여 내 힘으로 취직자리 하나 만들지 못하는 무능력자가 되었는가 하는 자학에 빠지기 일쑤였다. 외롭고 고통스러워 친구들이라도 만나보고 싶었지만 한 푼이라도 생활비를 아껴야하는 마음에 만나러 다닐 수도 없었다. 결국, 혼자 지내는 시간이 많아졌고 내 주위에서 좋아하는 것들을 찾게 되었는데 그것은 바로 바람과 구름 그리고 비였던 것이다.

소리 없이 다가와 소리 없이 사라지는 무소유의 바람을 좋아했다. 나의 절망과 미련까지 모두 날려 버릴 수 있는 바람이었기에. 헤르만헤세가 그토록 좋아했다던 구름을 나도 좋아했다. 유유자적한 자유스러움과 스러져가는 공허(空虛)가 좋았기에. 고즈넉한 우수에 젖어 하염없이 내리는 조용한 비를 좋아했다. 비에 젖어 자기 연민이 아닌 침묵의 우수 속에서 내 자신과의 대화를 좋아했었기에. 더욱이 바람이 일어 구름이 모이고, 구름이 모여 비를 만드는 외롭지 않는 상생(相生)의 관계가 나의 마음을 달래 주었다. 초조한 마음을 애써 달래며 바람과 구름, 비가 되어 때를 기다리던 나에게 드디어 추천서가 들어왔다.

6·25 기념일이었던 그날 영등포구에 있는 조그만 백화점의 전산담당자로 첫 직장 생활을 시작하였던 것이다. 그때가 지금까지의 내 인생에서 가장 궁핍하고 힘든 고통의 생활이었지만 이제야 생각해 보면 행복이란 무엇인가를 느끼게 해준 시절이었던 것 같다. 그래서 '안양 가는 버스에서'는 나에게 있어 행복한 그림이 되나 보다. 비가 내리는 오늘도 나는 습관처럼 바람과 구름이 쉬어 가는 곳을 그려본다. 영원한 바람과 구름 그리고 비가 되기를 열망해 보며.

세월이 머무는 소쇄원을 거닐며

녹차 한 잔을 가득 마시고 또 한 잔을 비웠다. 그래도 갈증이 가시지 않는다. 정체된 일상의 일로 마음이 무겁기 때문이다. 이럴 때는 가끔 하던 일을 멈추고 *소쇄원(瀟灑園)을 향해 홀로 드라이브를 떠난다. 시내를 벗어나 산길에 접어들었다. 달리는 길섶을 따라 들꽃이 하늘거린다. 얼굴은 훈풍에 젖고 가슴은 뜬구름 속으로 한없이 젖어만 간다. 우거진 녹음을 바라보는 시선 사이로 경직된 마음이 풀리기 시작한다.

이윽고 광주(光州)의 무등산(無等山) 기슭에 위치한 소쇄원 정원에 다다랐다. 정원의 입구는 대나무 숲이 조성되어 있다. 오솔길을 에워싼 대나무 숲에선 하늘을 볼 수 없을 정도다. 여름 한낮의 댓잎에 서늘한 바람이 일고 있다.발길을 멈춰 대나무 숲을 한참이나 바라본다. 사시사철 변함없는 모습과 꿋꿋한 대나무의 자태는 언제 보아도 마음 든든하다. 거기에다 휠 줄도 아는 유연함까지 갖추었으니 융통성이 부족한 나로서는 여간 부러운 게 아니다.

대나무 숲을 낀 오솔길을 벗어나니 "봉황을 기다린다"라는 대봉대(待鳳臺)가 나타난다. 햇살이 살며시 스며드는 초가지붕의 정자이다. 신발을 벗고서 잠시 마루에 오른다. 좌정하여 봉황을 기다리듯이 마음을 가다듬어 조망할 여유를 가져본다. 늦은 오후의 고즈넉함 속으로 소쇄원이 들어가 앉아있는 느낌이다. 먼 밖에서 바라보는 정자의 모습도 아름답지만 정자 안에서 바라보는 밖의 경치도 아름답다. 그래서 정자란 쌍방향의 아름다움이 공존하는 곳이라고 말하지 않았던가. 내면의 멋과 외면의 멋이 일치하는 아름다운 모습이다. 이런 정자의 모습이 나에게도 흠모의 대상이 아닐 수 없다. 외나무다리를 건너 매화를 심어 가꾼 매대(梅臺)라는 담에는 소쇄처사양공지려(瀟灑處士梁公之廬)라고 새겨진 일종의 문패가 보인다.

"맑고 깨끗한 생활을 하는 선비의 오두막집"이라는 뜻으로 우암 송시열의 글씨라고 한다. 사람은 가고 없어도 수백 년이 흐른 지금까지도 우암의 흔적을 볼 수 있다는 게 여간 신기하지 않다. 나 자신이 만약 후세에 자취를 남기게 된다면 어떤 모습의 자취를 남길 수 있을까. 내 삶의 여정을 되돌아보게 한다.

고샅을 지나 사랑채와 서재를 겸했던 제월당(霽月堂)으로 발길을 옮긴다. 소쇄원에서 가장 높고 양지바른 곳에 위치하고 있다. 넓지 않은 뜨락엔 이름을 알 수 없는 꽃들이 아기자기 피어있다. 매미의 울음 속에 하얀 나비, 잠자리가 한가로이 노닐고 참으로 평화로운 모습이다.툇마루에 걸터앉아 두 눈을 지그시 감으니 선비들의 글 읽는 소리가 창창하게 들려오는 듯하다. 제월당에 보름달이 두둥실 떠오르고, 잠 못 이루는 밤이 되면 낙향한 선비는 무슨 생각을 하였을까. 권세를 초월하여 평범한 자연에 어울리고자 했던 여유 있는 삶이 코끝 찡하도록 느껴진다.그리고 보면 달빛에 젖어 아름다움에 취했던 나의 어렸을 적 낭만이 지금은 모두 어디로 가버렸을까.

갖은 상념 속에서 나의 발길은 빛 그리고 바람이 머무는 광풍각 (光風閣)에 머물고 있다. 정원의 중앙에 자리한 광풍각 앞으로 작은 계곡이 흐르고 있다.우리 조상은 사람이 자연 속에 깃들일 수 있도록 자연을 훼손하지 않고 정원을 조성하였다고 한다. 그러나 소쇄원은 자연 그대로를 살리면서 꼭 필요한 부분에만 적절하게 인공을 가하였다. 암반에 인공을 가미하여 만든 조그마한 폭포에서는 자연의 소리와 바람을 일으키며 시원스럽게 한껏 쏟아져 내린다. 자연과 인공이 조화를 이룬 폭포 소리를 들으며 진부한 내 생활에서 융통성과 운용의 묘(妙)를 헤아려본다. 흐르는 계곡물을 한참 동안 바라보고 있으려니 탁족(濯足) 생각이 간절하다. 두 발을 담그니 광풍각에서 보았던 소쇄원도(瀟灑園圖)의 풍경이 떠오른다.

자연을 벗 삼아 바위 한 편에서는 바둑을 두고 다른 한 편에서는 가야금을 타는 선비들의 여유 있는 풍류가 새삼 그리워진다. 세월마저도 머무를 것만 같은 욕심 없고 유유자적한 삶의 체취들. 먼 훗날 나도 느껴보고 싶은 모습들이다.이런 바람이 지금 나의 현실 속에서 부질없는 공상일지도 모르겠다. 하지만, 이러한 공상 속에서 마음의 여유를 찾을 수 있다는 게 얼마나 행복한 일인가. 나에게도 언젠가는 이런 삶의 여유가 찾아오리라는 희망으로 삶의 의미를 되뇌어 보며 하루를 살아간다. 인적이 드물어진 소쇄원에 이내 땅거미가 내리고 다시금 고요가 찾아든다. 또 하루가 세월에 묻히어간다.

*소쇄원(瀟灑園)~조선 중기의 거주 주택이 아닌 별서정원(別墅庭園)이다. 별서란 살림집에서 떨어져 산수 좋은 공간에 마련된 주거공간이요, 정자와 더불어 조성된 정원을 별서정원이라 했다는데 요즘 말로 하자면 산림 속의 별장이라고 할 것이다. 이 정원의 주인인 양산보(梁山甫)는 17세에 과거에 급제했으나 그의 스승인 조광조가 사화에 연루되어 전라도 능주에 유배되자, 세상의 뜻을 버리고 하향하여 향리인 지석마을에 은거처를 마련한 뒤, 계곡을 중심으로 조영한 원림(園林)이다. 소쇄원의 '소쇄'는 본래 공덕장(孔德璋)의 <북산이문(北山移文)>에 나오는 말로서 깨끗하고 시원함을 의미한다. 양산보는 이러한 명칭을 붙인 정원의 주인이라는 뜻에서 자신의 호를 소쇄옹(瀟灑翁)이라 하였다.

(참고자료: 나의 문화유산 답사기 外)

山의 침묵

　'눈(雪)의 여신' 이라 일컫는 에베레스트 등정에 나선 젊은이들이
조난을 당했다는 비보가 전해졌다. 이들은 결국 동료 구조대에 의
해 주검으로 발견되었다. 평소 산이 좋아 산을 오르고, 산이 좋아
산 속에 묻히고자 했던 이들은 은빛 백설의 침묵 속에서 차가운 永
眠을 한 것이다. 참으로 안타깝고 애석하기 그지없다.

　히말라야에는 '신(神)의 영역' 이라고 부르는 봉우리가 16개 있다
고 한다. '14좌' 라고 불리는 14개의 주봉과 2개의 위성봉(얄룽캉과
로체샤르)을 포함한 숫자다. 전 세계 산악인 가운데 14좌 완등 기록
을 갖고 있는 산악인 중의 한 사람이 엄홍길 대장이다. 엄홍길은
2004년 얄룽캉에 올라 '15좌 등정' 이란 대기록을 세웠고 그 후 로
체샤르 등정으로 '16좌 완등' 의 기나긴 여정을 마무리 했다.

　산악인으로서 산에 대한 끝없는 도전과 건강한 정신의 힘이 한없
이 부럽기만 하다. 얼마 전 TV에서는 한때 엄홍길과 등반대원들 그

리고 가수 이문세가 히말라야 현지에서 '히말라야 등정 축하 음악회'를 녹화로 보여주었다.

텁수룩한 수염에 새까맣게 그을린 대원들의 얼굴에서는 패기와 건강미가 넘쳐나고 있었다. 평소 긴장이 감도는 얼굴과 탁한 목소리가 산악인다운 매력이라고 느꼈던 엄홍길 대장의 웃는 얼굴도 이날 처음 볼 수가 있었다. 도전과 성취감에서 나오는 여유 있는 미소였기에 그의 웃는 얼굴은 더더욱 아름답게만 느껴졌다.

나는 학창시절에 산을 좋아하였지만 실제 등산을 다닌 적은 별로 없었다. 사회인이 되어 직장의 산악회에 가입하면서부터 등산을 할 수가 있었다. 처음엔 자신의 건강과 직원들 간의 유대를 돈독히 하려는 게 목적이었다. 그러나 등산 횟수가 많아지면서 점차 산의 매력에 빠져들었다. 비록 암벽 등반 등 고난도의 등반은 아니었지만 정기 산행 때가 되면 나는 적극적으로 등산에 나섰다. 나중엔 50여 명의 회원을 거느린 산악회 회장을 맡아 일본의 후지산(富士山 3,776M)까지 관광성 등반을 다녀오기도 하였다.

산의 매력에는 자연의 멋과 건강 등 여러 가지가 있겠지만, 내가 가장 큰 매력으로 여기는 것은 '山의 침묵'이었다. 자신을 과시하려 하지 않으면서도 침묵 속에 철 따라 꾸준히 변화 하는 모습이 큰 매력이었는데, 이 침묵이 좋아 나는 산에 빠졌었다.

아이들만 집에 남겨두고 등산을 할 수 없었던 때가 있었다. 대신 산의 침묵을 느끼고 싶을 때는 인근 시민공원의 한편에 설치되어 있는 인공 암벽을 찾아 갔었다.

높이 15m 너비 14m의 4면 짜리 인 이 인공 암벽은 등반 거리가 15~20m이고 매달리는 각도가 평균 100~130도로 국내 최대 규모라고 한다. 이곳에는 클라이밍 교실이 개설되어 있어 가끔 훈련하는 모습도 볼 수가 있었다. 그러나 내가 인공 암벽을 찾는 시기는 클라이밍 교실의 개설이 끝난 한적한 시간의 한두 사람만이 연습을 하고 있을 때이다. 인적이 드문 이곳에는 묵묵히 인공 암벽을 오르내리는 산사나이들의 침묵 속에 거친 숨소리만이 있을 따름이다. 나는 이 산사나이들의 침묵을 즐기기 위해 눈에 잘 띄지 않은 나무 뒤편으로 자리를 잡는다. 그리고선 조용히 훈련하는 모습을 한 없이 지켜보며 침묵의 의미를 되새겨 보기도 했었다.

요즘은 인터넷과 매스컴의 발달로 수많은 정보와 언어에 휩싸여 살아간다. 사회생활을 하다 보면 때론 말을 많이 해야 할 때와 적게 해야 할 때가 있다. 이 판단을 하는 데는 고도의 감각이 필요하다. 나는 이 고도의 감각을 조율하기가 어려울 때면 차선책으로 생각하는 게 침묵이다.

일반적으로 사람이 필요 이상으로 말을 많이 할 때는 자기 합리화나 변명을 늘어놓을 경우가 많을 것이다. 그러나 자기주장의 모두가 상대방에게 통용되는 것은 아니다. 침묵의 체로 거르지 않은 말은 공해나 다름없다고 하였다. 자신의 모습은 침묵 속에서도 은연중에 나타나는 진솔한 모습으로 자신을 가꾸어야 할 것이다.

문득 '산의 덕목'의 한 구절이 생각난다.

'山은 침묵한다. 그러나 산 속에는 물소리, 바람 소리, 새소리가 있다.'

자유 속의 권태

　휴일의 오전, 늦잠의 달콤함에서 깨어났다. 시계는 정오에 가까워져 간다. 여름 햇살의 더운 기운이 방안을 감싸고 있다. 집안의 모든 창들을 활짝 열어젖힌다. 기지개를 켜며 7층 베란다에서 놀이터를 내려다본다.

　살갗을 태울 듯한 더위 때문인지 평소 붐비던 놀이터에는 아이들이 한 명도 보이질 않는다. 활짝 열려있는 경비실의 창문 안의 경비 아저씨 모습도 보이지 않는다. 저 멀리 아파트 담 너머로 건축 공사장 인부들의 움직임만이 느릿하게 보인다.

　모두 어디에 갔을까? 그러고 보니 우리 집에도 나 외에는 아무도 없다. 짐작컨대 어머니는 노인당엘 가셨겠고 아내는 출근을 했을 것이다. 두 아이들 또한 옆집 친구들과 어디에서 놀고 있을 것이다. 대낮이지만 주위의 분위기는 온통 적막 속에 젖어있다. 그렇다, 나는 지금 홀로 남아 있는 것이다. 백주(白晝)에 나 혼자가 되었다는 사실에 무한의 자유가 느껴진다.

아, 지금 느껴지는 자유스러운 이 순간이 도대체 얼마 만이냐.

자유스러운 분위기에 젖어 내 마음은 그저 즐겁고 기분이 상쾌해진다. 콧노래를 부르며 샤워를 한다. 커피를 끓이고 조용하게 음악을 켠다. 거실 한복판으로 소파를 옮겨 두 다리를 쭉 펴고서 책을 읽는다. 조용한 분위기에 음악과 커피 향에 젖어 책을 읽는 즐거움. 아, 너무도 행복한 혼자만의 시간이다.

원성스님의 소설 『도반1』을 모두 읽었다. 시계는 3시가 지났다. 점심때가 한참을 지나서인지 배가 고프다. 어머니는 노인당에서 식사를 하셨을 것이고 아내는 직장에서 점심을 먹었을 것이다. 두 아이들이 점심 먹으러 오지 않은 것을 보니 아마도 친구 집에서 먹은 모양이다.

냉장고를 열어본다. 배추김치, 열무김치가 먹음직스럽게 담겨져 있다. 가스레인지 위의 냄비엔 머위 대와 감자 찜이 고춧가루에 버무려져 있다. 전기밥통에서 신선도가 떨어진 밥을 한 그릇 담는다. 벽을 보고 탁자에 앉아 밥 한 숟갈을 입에 떠 넣는다. 시장기 때문인지 밥은 목구멍을 타고 내려가지만 뭔가 허전한 기분이 느껴진다. 설거지를 미룬 채 소파에 앉는다. 커피가 생각나기는 하지만 물을 끓이기 귀찮다. TV를 켠다. 이곳저곳의 채널을 돌려봐도 마음에 드는 프로가 없다. TV를 끄고 컴퓨터를 켠다. 메일함을 열어보니 도착 편지가 한 통도 없다. 몇 군데 사이트를 서핑 하다 급기야 싫증이 느껴진다. 1권에 이어 『도반2』를 읽고자 책을 펼친다. 몇 장 넘기다 보니 눈이 피곤하다. 책을 덮고 베란다로 나가 밖을 살핀다. 놀이터엔 아직도 뜨거운 햇살만 가득할 뿐 아무도 없다. 그늘진 곳에서 경비 아저씨가 폐품을 정리하는 움직임만 보일 뿐이다. 이럴 땐 산책을 하는 게 좋을 듯 한데 움직이기가 싫다. 음악이 끊긴 오디오에 새로운 CD로 바꾸기조차 싫어진다.

아, 이게 권태란 말인가!

냉장고에서 캔 맥주를 하나 꺼낸다. 쭈그러진 오이 하나 찾아 껍질까지 안주 삼아 먹는다. 맥주 한 잔을 머금고 어깨를 늘어뜨린 채 자유와 권태에 대하여 곰곰이 생각을 한다. 바쁘게 살면서 은연중 찾게 되는 게 바로 자유가 아니었던가. 며칠만 푹 쉬고 싶다는 습관적인 바람이 바로 휴식의 자유가 아니었던가. 이렇게 바라던 행복한 자유의 시간이 왜 몇 시간 만에 권태로 나타났을까.

사람이 사회적 동물이라는 것은 부인할 수 없는 사실이다. 자유란, 혼자서만 즐기는 무한의 시간이 아닌 것이다. 또한, 유한의 자유 속에는 휴식의 의미가 가미되어야 할 것 같다. 오늘의 권태는 오전의 늦잠에서부터 시작되었다. 늦잠을 잤다는 것은 아무 계획 없이 휴일을 맞았기 때문인 것이다. 그리고 혼자만의 자유는 게으름 속의 일시적인 행복이었던 것이다.

그렇다면 권태란 무엇인지 이야기할 수 있을 것 같다. 목적 없이 혼자서 누리는 무한의 자유가 결국, 권태가 아닐까 한다. 아내의 퇴근까지는 아직도 시간이 많이 남았다. 그 전에 어서 아이들이라도 돌아와 주었으면 좋겠다. 나는 아이들과 함께 혼자만의 권태에서 빨리 벗어나고 싶다.

지후아타네호

　요즘 거울 들여다보는 횟수가 많아졌다. 거울뿐만이 아니라 내 모습이 투영되는 유리벽이나 엘리베이터에서도 내 얼굴을 자주 들여다본다. 시간의 흐름보다 빠르게 늘어나는 것 같은 흰머리는 얼굴을 잠식하다 못 해 내 영혼의 실루엣마저도 어둡게 한다. 윤동주의 자화상이란 詩처럼, 애증의 세월은 이내 자조적인 한숨으로 흘러나오기도 한다. 이럴 땐 스스로 마음을 다스리지 않으면 하루가 의기소침하게 흐른다. 이 그늘진 생각에서 벗어나기 위해 나름대로 자기최면을 걸고자 나만의 주술적인 주문을 소리 내 외친다.

　"지후아타네호……."라고. 참 세월이 빠르다. 동안(童顔)이라는 부러움 아닌 부러움을 받으며 나이 먹는 줄 모르고 살아왔는데 어느새 지천명을 훌쩍 넘겼다. 내 인생을 80으로 설계했을 때 3분의 2를 지나왔다. 불현듯 내 삶을 반추하고 싶다는 생각에 두 눈 감고 회상에 잠겨본다.

10대에는 섬 소년의 순박한 동심과 결코 넉넉한 가정 형편은 아니었지만 그래도 부모님의 사랑 속에 부족함 없이 학업과 사춘기를 무난히 지낼 수 있었다. 20대에는 고등학교를 갓 졸업하고 사회에 첫발을 내디딘 해에 부친을 여의었다. 갑자기 기울어진 가세에 가난이라는 궁핍으로 절망과 고독을 생활 속에 끼며 살았다. 30대에는 가난과 그늘진 마음을 전환하기 위해 일본으로 직장을 옮겼고, 5년여의 이국 생활에서 어느 정도 가난에서 벗어날 수 있었다. 귀국하여서는 결혼과 동시에 만학도 이루었다. 두 아이가 태어남으로써 내 삶의 환희는 극치를 이루었다 40대에는 IMF를 거치며 사회적 고난과 불안 속에서 가장의 책임과 경제의 중요성을 절실히 느꼈다. 힘들어진 회사를 퇴사하고 창업을 하였다. 창업 초기의 어려움은 모두의 공통이었기에 이런저런 고통과 시행착오를 감수하며 자수성가의 노력에 매진하였다.

10년을 이끌어온 회사지만 아직도 불안정한 財務構造, 조직의 시스템으로 업무를 처리하지 못하고 오너와 피고용주의 구분 없이 잔업 속에서 허우적거리는 經營未熟, 아내를 직장에서 은퇴시켜 전업주부로 전향 시켜주지 못하는 家計現實이 나로 하여금 어두운 노래를 부르게 한다. 인간은 자신의 과오를 인정하지 않는데서 갈등과 아픔이 생긴다지만, 인정한다 한들 이기와 욕망을 추구하는 인간의 행위에는 고난과 슬픔이 따를 수밖에 없다.

하루를 정리하고자 두 눈을 감으면 머릿속은 온통 나 자신을 향한 증오가 가시질 않는다. 자학과 자괴감으로 가득 차 있음을 느낀다. 아직도 어설픈 경제관념과 경제력에 나 스스로가 질곡당하고 있기 때문일 것이다. 현실에 처한 내 경제력의 발자취를 더듬어 본다. 행복의 1순위가 돈이 될 수 없지만, 불행의 1순위는 돈이 될 가능성이 높다. 좀 더 효율적인 경제활동이 필요한 시점이다. 또한, 가족과의 여가를 무시할 수 없기에 언제나 의식적으로 여유를 가지려고 오늘도 거울을 보며 자기최면적인 주문을 외치는 것이다.

1994년에 완성된 쇼생크 탈출을 최근에서야 보게 되었다. 이 영화는 억울하게 종신형을 선고받은 은행원 앤디가 쇼생크 감옥에서 탈옥에 성공하는 이야기이다. 앤디는 쇼생크 감옥에서 종신형을 선고받은 또 다른 죄수 레드를 만나게 된다. 두 사람은 어느 정도 마음을 나눌 수 있는 친구가 되고 레드에게서 건네진 조그마한 망치로 벽을 뚫어 탈출구를 만들게 된다.

탈옥하기 전날 교도소 벽에 우울히 기대앉아 있는 앤디에게 레드가 다가선다. 앤디는 레드에게 가석방 이야기 꺼내지만 레드는 손사래를 친다. 종신형을 받고 복역하는 죄수들의 길들여진 생활이 바깥 생활에 적응을 못 하는 두려움으로 가석방을 원하지 않는다는 것을 앤디는 알게 된다. 그러나 앤디는 오랜 복역 생활로 길들여진 자기 생각에 갇혀 변화를 추구하지 않는 레드에게 희망과 자유를 이야기한다.

멕시코인은 태평양을 '기억이 없는 따뜻한 곳'이라고 한다면서 앤디는 '기억이 없고 따뜻한 태평양에 인접한 멕시코의 조그마한 섬 지후아타네호에서 살기를 꿈꾼다.' 라는 희망을 이야기한다. 그 이야기를 들은 레드는 희망은 현실에 지배를 받는다면서 앤디의 희망을 무시한다. 레드가 건넨 조그마한 망치로 탈출구를 뚫으려면 600년이 걸린다던 것을 앤디는 20년 만에 탈출구를 만들어 탈옥에 성공한다. 여기에 희망을 가진 레드도 훗날 가석방이 되고 앤디와의 조우를 위해 멕시코의 국경을 넘는다. 그러면서 레드도 외친다.

"태평양이 내 꿈에서처럼 푸르기를, 나는 희망한다."

이 영화의 감동은 참으로 컸다. 레드역의 모건 프리먼의 소탈하고 정감 어린 미소도 인상적이었지만, 앤디가 탈옥하기 전에 레드와 나눴던 대사가 잊히질 않고 내 생활의 일부가 되었다.

길들여진다는 것과 희망한다는 것. 바보처럼 살아온 지난 기억을 잊고 싶지만, 세월이 흐르면 모든 것이 변화되어 추억과 경험이 될 것이다. 길들여진다는 건 나에게 있어서는 매너리즘 같은 것이다. 언젠가부터 길들여진 나의 그늘진 생활에서 자기최면 적으로나마 자유로워지고 싶다.

나에게 있어 지후아타네호란, 길들여짐에서 벗어나 변화와 다양성에 순종하고 기억이 없이 따뜻한 곳이 아닌 추억이 잔잔하게 피어오르는 따뜻한 곳을 의미한다. 투영된 내 모습이 침묵에 젖어 있을 때, 앤디와 레드가 희망했던 것처럼 수시로 소리 내어 외쳐본다.

"나도 희망한다. 지후아타네호!"

춤추는 인생

직원들과 한 잔의 술을 나누고 싶을 때 자주 찾아가는 곳이 있다. 호텔에서 브랜드 맥주를 직접 만들어 운영하는 호프집인데, 생맥주가 있고 생음악이 흐르는 깨끗하면서 아늑한 곳이다.

최근 그곳에서는 불가리아 출신의 4인조 혼성 보컬그룹이 음악을 연주하고 있는데 TV에서도 잠깐 소개된 적이 있었다. 세계를 떠돌면서 자신들의 음악을 연주하며 그 나라의 문화에 젖어 음악을 만드는 작업을 하는 보헤미안들이다.

그러나 막상 그들의 연주와 노래를 들어보면 음악성은 그리 깊지 않다는 것을 느낄 수 있었다. 어쿠스틱 기타의 리듬이 가끔씩 끊기고 고음 처리가 자연스럽지 못하기 때문이었다. 다만, 자신들의 음악에 취해 자연스럽게 흔들어 보이는 율동이 참 보기 좋았다. 나는 그들에게서 느껴지는 자유분방한 모습의 흥겨운 율동이 좋아 그 호프집을 자주 찾는다.

나는 노래 부르고 춤추는 것을 좋아한다. 그렇다고 노래를 잘 부른다거나 춤을 잘 추는 것은 아니다. 노래 부를 때는 박자를 지킬 줄 알고, 흥겨운 리듬이 나오면 자리에서 일어나 리듬에 맞춰 자연스럽게 몸을 흔들 수 있다는 것이다.

학창 시절에 나는 남 앞에 나서서 노래 부르는 것을 무척이나 부끄러워하였다. 춤추는 것은 두말할 나위도 없었다. 한 때 조그만 콜라 한 병을 주문하면 생음악이 아닌 LP판으로 음악을 틀어 주며 DJ 멘트와 함께 춤을 출 수 있는 디스코장이 유행했었다. 대학시절 학과 행사 때면 으레 선후배 간에 디스코장을 찾았지만 난 몰래 빠져 나오기에 급급할 정도였다.

그러던 내가 대중가요와 춤을 좋아하게 된 것은 서울에서 첫 직장을 다니면서였다. 직원들과 호텔 나이트클럽을 가끔 갔었는데 바깥세상과는 단절 하다시피 한 내부 구조와 경쾌한 전자 음악은 청춘의 기운을 느끼기에 충분했다. 디스코 음악에 맞춰 세상모르게 흔들어 대던 모습들 속으로 나의 젊은 기운이 동화된 것이었다.

그러나 그건 젊음 때문만은 아니었다. 20대의 궁핍함을 벗어나고자 무슨 일이든 뜨거움을 강조했던 나의 몸부림이었다. 앞뒤가 생각나지 않고 그 순간의 열정을 나 홀로 폭발할 수 있는 몸부림이 나는 좋았던 것이다.

50대가 된 지금에도 가끔씩은 강렬한 전자 기타와 드럼 그리고 신시사이저가 믹스된 경쾌한 음악이 있는 나이트클럽에 가기를 원한다. 사이키의 환상적 조명 속에 잠시나마 내 영혼을 잊을 수 있도록 춤을 추고 싶기 때문이다. 그러나 내 주변에 함께 춤을 출 수 있는 50대 동무가 보이지 않는다. 아쉽기 그지없다.

요즘은 TV에서 춤사위를 감상하는 횟수가 많아졌다. 내가 추고 싶은 춤은 흥겨운 춤이지만, 감상하고 싶은 춤은 우리의 고전 춤을 좋아한다. 그중에서도 살풀이춤과 한량 춤을 무척이나 좋아한다.

살풀이춤은 살풀이장단에 맞춰 슬픔을 품어 환희의 세계로 승화시키는 인간 감정을 아름다움으로 표현한 춤사위이며, 한량 춤은 과거에 오르지 못한 호반이나 풍류를 좋아하는 사람들이 어울려서 추었던 춤으로 남성무의 여유로움을 넉넉한 품격으로 표현하는 춤사위라고 한다.

창극인 공옥진의 살풀이춤을 감상한 적이 있었다. '세월아~ 세월아~'라는 반복적인 추임새가 곁들여진 살풀이 가락에 젖어 흐느끼는 듯한 그녀의 춤은 한 마디로 감동 그 자체였다. 표현할 수 없는 운명적인 고뇌와 슬픔이 무언의 춤사위만으로도 어두운 마음을 다스릴 수 있다는 감동이었다.

한량 춤은 중년이 되고나서 좋아하게 된 춤사위였다. 그저 바쁘게만 살아가는 중년의 생활 속에서 여유로움이 배어날 수 있는 분위기가 매력적이었다. 흰 도포 자락에 휩싸인 정적인 손놀림에는 남성의 의연함과 넉넉함이 물씬 풍기는 춤사위였다.

살풀이춤과 한량 춤을 감상하노라면 내 마음은 언제나 텅 빈 충만을 느끼게 된다. 마음이 겸허해지기 때문이다.

　기쁨에 겨워 추는 춤.

　슬픔에 젖어 추는 춤.

　어느 춤이라도 좋다. 춤을 출 수 있는 분위기 그 자체를 나는 좋아한다. 흥겨운 춤이든 허허실실 춤이든 자신의 마음을 춤사위로 표현할 수 있다는 것은 얼마나 행복한 일인가.

3부

빛바랜 추억 속으로

흐린 날에는
간다(神田)에 가고 싶다

휴일의 흐린 날을 좋아한다. 가라앉은 듯한 잿빛 분위기는 차분한 마음을 갖게 해주기 때문이다. 시인이자 영화감독인 유하는 '바람 부는 날에는 압구정동에 간다'라고 했지만, 난 흐린 날이 되면 동경(東京)에 있는 간다(神田)에 가고 싶어진다. 오차노미즈역(驛)에서 내려 간다천(川)을 따라 간다역(驛)에 이르는 거리의 풍경이 생각나기 때문이다. 오차노미즈 주변은 도시의 화려함보다는 복고풍의 수수함이 풍겨지는 거리이다. 역 주변을 흐르는 간다천의 물빛이 녹차 빛을 띤다고 해서 오차노미즈(御茶ノ水)라고 명명되었는데, 도시화가 진행되면서 생활 오폐수의 영향으로 예전의 녹차 빛은 많이 없어졌다고 한다.

그래도 간다천을 따라 조성된 나무숲의 초록이 짙어지면 반사되는 물빛이 제법 녹차 빛을 띠게 되는데, 침묵의 평화로움이 물씬 풍겨지는 이곳을 산책의 기분으로 자주 거닐었다. 간다역 근방은 메이지대학(明治大學)을 중심으로 여러 학교가 있어서인지 학생의 거리, 문화의 거리로 불리기도 한다. 출판사, 서점 등이 줄지어있기에 서점가를 산책하는 즐거움 또한 빼놓을 수 없다. 신간 서적의 프롤로그를 읽어보는 즐거움과 고서점가에 진열된 고서의 표지 디자인에서 당시의 문화상을 상상해 보는 즐거움이 있었다. 4월이 되면 화사함의 극치를 이루는 벚꽃 축제가 시작된다.

벚꽃 축제에 파묻혀 붐비는 인파 속으로 꽃비를 맞으며 나 홀로 한없이 걸었다. 다리가 지쳐갈 때면 거리의 카페에 앉아 거품 가득한 생맥주를 마셨던 즐거움 또한 빼놓을 수가 없다. 이런 즐거움이 있기에 간다 거리를 찾기는 했지만 내가 자주 찾는 또 다른 이유가 있었는데, 그건 뭐니 뭐니 해도 침묵에 휩싸여 있는 듯한 잿빛 분위기였다. 특히 비가 오거나 흐린 날에 거니는 것을 좋아했다. 무라카미 하루키의 소설인 『상실의 시대』에서 간다 거리가 잠깐 배경이 되었듯이 거리의 곳곳은 소설처럼 허황한 쓸쓸함이 베여있는 듯하였고, 소설의 주인공인 와타나베와 미도리가 함께 거닐며 느꼈을 것 같은 비련의 허무와 도시의 공허까지도 존재하는 듯하였다. 난 이런 잿빛의 허무와 공허를 은근히 즐겼다.

88서울올림픽이 끝난 해에 나의 20대도 저물고 있었다. 좌절과 궁핍 그리고 의기소침 속에 살았던 20대가 끝나가고 있었던 것이다. 따라서 앞으로의 30대에는 내 생의 새로운 반전이 필요한 시기였는데, 마침 일본으로 직장을 옮길 기회가 생겼다. 이국땅이라는 새로운 환경에서 좀 더 밝은 마음으로 30대를 시작 할 수 있다는 생각에 적극적으로 이 기회를 노렸다. 비록 정상에 오르다 얼어 죽은 킬리만자로의 표범이 될지언정, 밝은 미래를 향한 절박함으로 현해탄을 건넜다. 미래의 희망과 은연중의 기대를 갖고 도착한 일본. 그러나 일본의 첫인상은 내가 상상했던 희망의 빛과는 다소 거리가 있어 보였다.

도쿄(東京)의 풍경은 온통 음울한 회색이었다. 1,300만 명이 생활하는 도쿄에는 인근의 산이 없어서인지 그저 주택과 건물뿐이었고, 주택가 또한 원색의 산뜻함 없이 지어진 시멘트구조물은 온통 회색빛 일색이다. 게다가 비도 자주 내렸기에 주변의 음산함이 마음까지도 회색으로 젖게 했다. 회색빛에 자꾸만 고립되어가는 나의 머릿속으로 잊고 싶은 20대의 데자뷰가 느껴지기까지 하였다.

회색은 원래부터 투명하지 못한 변절의 색으로 여겼고, 긍정을 부정으로 채색하는 분위기로 인식해 왔었기에 난 이런 회색이 싫었다. 그래도 현실과 침묵의 흐름 속에서 점차 주변 환경에 익숙해져 감을 스스로 느끼게 되었다. 일본이라는 선입견적인 감정도 애증의 그림자를 벗어나 보면 살가움이 느껴졌었고, 개인주의가 팽배하기는 해도 책임감과 질서의식이 강한 그들과의 일상은 편리함을 가져다줬다. 후쿠시마 원전사고 때, 쓰나미로 마을이 초토화되고 수많은 사망자가 발생했지만 그들의 표정만큼은 대체로 침착했다. 너무 침착하다 못해 냉정한 모습으로 비치기까지도 했지만, 남에게 피해를 주지 않고 나 또한 피해를 받지 않는다는 그들의 편안함이 있었다. 결국 내 성격에 부합한 환경 속에 살고 있었던 것이었다.

희망이란 반드시 밝은 빛에서만 존재하는 것이 아니라 어둠 속에서도 희망이 존재한다는 것을 느끼게 하였는데, 그건 잿빛 속의 질서였다. 그 질서 속에서 자신의 목표를 하나 둘 이루어갈 수 있다는 또 다른 희망이 생겼던 것이다. 눈부시게 발전하는 현대사회의 화려한 디자인 속에서 나는 아직도 원색보다는 단색이 좋고 복고풍이 살갑다. 색의 으뜸이라는 검정색이 좋고 화창한 날씨 보다는 흐린 날이 더 기다려진다. 결국 나이 들어감의 자연적 현상이며 일종의 퇴보적인 아쉬움일지는 모르겠다. 그렇지만 나는 그저, 흐린 날에는 모든 것을 잊고 간다(神田)에 가고 싶다.

유리코와의 인연

가을이 깊어 길 위에 쌓이는 노오란 은행잎이 아침 햇살에 반사되어 눈이 부시도록 찬란하다. 쌓여있는 은행잎을 보노라면 외국인출입국사무소가 있는 일본의 오오데마찌(大手町) 도로에 끝없이 늘어선 은행나무 길이 생각난다. 이 아름다운 은행잎을 밟으며 비자연장을 하러 다녔던 생각이 난다. 그리고 일본어가 서툴러 웃음 짓던 순간과 유리코와의 작은 추억이 떠오른다.

외국어를 배우다보면 같은 단어이지만 억양에 따라 뉘앙스가 달라지는 단어들이 있다. 일본어도 예외는 아니었는데, 뉘앙스 파악을 제대로 못하여 씁쓸한 웃음을 짓던 순간들이 있었다.

"좋습니다"라는 의미의 "이이데스(いいです)"라는 일본어 문장이 있다. 누군가 무엇을 권유 했을 때 "이이데스"라고 짧게 대답했을 때와 "이이데~스"라고 길게 대답했을 때의 의미가 달라진다. 전자는 사양하겠다는 NO의 의미요 후자는 동의를 뜻하는 YES의 의미

이다. 일본어가 서툴렀던 초창기에는 순간적으로 "이이데스"라는 대답을 할 때와 들을 때 억양의 구분이 잘 안되어 내 의지와는 다른 결과를 맛보는 경우가 종종 있었다.

　나는 커피를 좋아한다. 한 때 출혈성 위염 증세가 있어 요즘은 하루 한두 잔에 그치지만, 예전엔 한 시간에 한 잔 정도의 커피를 마셨다. 철야 근무를 할 경우에 아침이 되면 열 잔이 넘는 종이컵이 책상위에 겹겹이 쌓여 있었다. 한때 같은 전산실에서 근무했던 여직원을 오랜 시간이 흘러 우연히 만난 적이 있었는데, 그때 그 여직원 왈 "사무실에서 한 번도 커피를 사양 한 적이 없었어요."라고 회상을 한 적이 있었다. 이토록 좋아하는 커피다.

　처음 일본 프로젝트를 위하여 갑자기 일본으로 떠나는 바람에 일본의 글자인 50음도(히라가나, 가타카나)를 전혀 외우지 못하고 일본어 초급 회화 테이프만을 사서 팀 리더를 따라 도일(度日) 했다. 요코하마市에 있는 전기 전자기기 제조 회사의 프로그램을 개발할 때의 이야기다. 그날도 프로그래밍에 여념이 없었는데 일순간 목마름이 느껴졌다. 그러나 휴게실까지 다녀오는 시간이 아까울 정도로 바쁜 시간이었기에 그냥 참기로 하였다. 그런 상황에서 여직원이 쟁반에 커피 몇 잔을 들고 와 커피 한 잔 하겠느냐고 묻는다. 사막에서 오아시스를 만난 양 흔쾌이 마시겠다는 의미로 씩씩하게 "이이데스" 하며 커피를 집으려는 순간, 쟁반의 커피는 내 앞에서 멀어지고 여직원의 뒷모습만을 의아하게 보고 있었다. 당시엔 그 이유를 몰라 혼자 고개를 갸우뚱거렸으나 나중에 팀 리더의 이야기를 듣고서야 이해를 할 수 있었다. 씩씩하고 짧게 대답하다보니 사양하겠다는 의미로 전달된 것이다.

어느 주말 저녁에 여유가 생겨 도쿄의 중심가인 신쥬쿠(新宿)로 혼자 구경을 갔다. 여기저기 구경을 다니는 데 누가 나를 아는 척하면서 앞길을 막는다. 일본어로 뭐라고 하는 데 잘 알아듣질 못하니 팸플릿을 건네준다. 펼쳐보니 스트립쇼를 하는 극장의 팸플릿이었다. 그러면서 아가씨를 뜻하는 듯한 새끼손가락을 펼쳐 보이며 함께 술 마실 수 있다는 몸짓을 한다. 갑자기 무서움 증(?)이 느껴져 사양한다는 의미로 침착하게 "이이데스"라고 대답하며 돌아 오던 길을 되돌아 나왔다. 그런데 그 사람이 계속 따라오고 있지 않은가. 침착하게 대답하다 보니 길게 발음이 되어 Yes라는 의미가 전달 된 것 같아 냅다 달려오고 말았다.

그 후 부터는 일어대신 영어로 'Yes' 와 'No' 로 대답하였기에 크게 혼동을 겪지 않았다. 그런데 몇 년의 시간이 흘러 'Yes' 의 의미였을까, 'No' 의 의미였을까 하는 조마조마한 고민을 했던 순간이 있었다. 바로 유리코(百合子)와의 추억이다.

국어 교과서에 실린 글 중에 오래도록 잊히지 않는 글 중의 하나는 역시 피천득의 인연(因緣)이라는 수필이다. 당시 남학생들의 연인처럼 각인되어지는 아사코와의 인연이 무척이나 아름답게 느껴졌기에 그 글을 배우던 고등학교 시절에는 나도 아사코와 같은 일본 여자 친구가 있었으면 좋겠다는 소망이 은연중에 있었다.

일본에서의 직장 생활은 평일에는 잔업을 많이 했지만 별 무리 없이 적응을 잘해 나갔다. 토, 일요일을 좀 더 알차게 보내기 위해 문화생활과 체력증진에 힘을 쏟았다. 문화생활을 위하여 문예회관 등을 다녔고, 체력증진을 위하여 헬스장, 수영장, 에어로빅장, 사우나를 겸비한 헬스클럽에 다녔다.

헬스클럽에 가입해 보니, 원래는 우주비행사의 체력보강을 위해 만들어진 에어로빅이 여성들만의 운동인줄 알았는데, 에어로빅 스튜디오에서 남, 녀 비율이 반반이 되어 운동하는 것을 보고 적이 놀랐다. 그것도 중년의 남성이 제법 눈에 띄었다. 한국의 에어로빅은 춤에 가깝다고 느꼈는데, 일본의 에어로빅은 체조에 가깝다는 느낌이 들어 나도 용기를 내었다. 차마 에어로빅 운동복까지는 입지 못하고 반바지 테니스복 차림으로 열심히 땀을 흘렸다. 운동이 끝나면 함께 땀 흘린 회원과 스텝이 모여 저녁도 먹고 생맥주도 마시며 즐거운 시간을 보냈다. 그런 시간들 사이에서 에어로빅 인스트럭터 유리코와 친해졌다.

체육대학을 갓 졸업하고 윤기가 흐르는 긴 생머리의 유리코는 23세였고 나와 10살 차이였다. 피천득과 아사코가 10살 차이였기에 수필 속의 분위기를 어느 정도 느낄 수 있었다. 아사코(朝子)는 백합처럼 시들어 가고 있었지만, 유리코(百合子)는 백합처럼 청순하게 피어오르고 있었다. 우리는 버지니아 울프의 『세월』을 이야기하지는 않았지만, 내 동안(童顔) 미소가 좋다는 유리코와, '미소(笑顔)'에 대해서는 많은 이야기들을 나누었다.

주문한 커피가 나오기 전까지 종이접기가 특기인 유리코는 여러 가지 손재주를 보여주었다. 오오데마찌의 은행잎이 쌓이어가던 가을 날, 나는 한국으로 돌아갈 시간을 맞이하고 있었다. 평소 피카소 미술관에 다녀오고 싶었던 나는 유리코에게 전화를 했다. 내일 피카소 미술관에 함께 다녀오고 싶은 데, OO역으로 몇 시까지 나올 수 있느냐고 물었다. 한 박자 늦은 유리코의 대답이 "이이데스(いいです)"였다. 긴장했던 순간 이어서였는지 Yes일까 No일까라는 뉘앙스를 놓쳤다. 그러나 되묻지는 않았다. 혹시라도 No라는 대답 일까봐 그게 두려워서.다음 날 아침, 내 마음은 긴장하고 있었다. 어제 유리코가 대답한 "이이데스"가 Yes였다면 즐거운 기차 여행이 되겠지만, NO였다면 캔 맥주나 마시며 혼자서 담담히 다녀올 심산이었다. 기차역이 가까워질수록 시험 발표장에 가는 순간처럼 가슴이 뛰고 있었다. 드디어 구름다리를 내려 역구내로 들어서는 순간, '아!' 하는 탄성이 나도 모르게 흘러 나왔다. 의외로 유리코가 먼저 도착하여 개찰구에 두 손 모아 단정하게 서 있는 것이 아닌가. 어제 대답은 Yes의 "이이데스(いいです)"였던 것이다.

한국으로 돌아오던 날, 나는 한복 차림의 인형과 조지 윈스턴의 『겨울』을 유리코에게 건넸고, 유리코는 고양이 인형과 사진 대를 나에게 주었다. 한국으로 돌아 온 나는 지금의 아내와 이듬해 맞선 후 결혼을 했다. 가끔 진부한 생활이 이어질 때 사람은 과거를 회상한다. 이럴 때 그리움을 동반한 추억이 아스라이 밀려오는 순간이 있다는 것도 지난 청춘의 선물이 아닐까 한다.

오늘도 추억에 잠겨 두 눈이 잠기려는 데, 언제 내 마음을 가로챘는지 '흥~' 하는 아내의 질투서린 야유가 들린다. 황급히 태연을 가장한 표정으로 고개를 돌려 보는 데 곁에는 아무도 없다. 환청이었나 보다.

세라비(c'est la vie)

　흑백 TV 시절에 토요일만 되면 기다려지는 게 주말의 명화극장이었다. 이국적인 마스크를 한 배우들의 신비감과 상상조차 하지 못했던 영화 배경이 흥분을 더했는데, 배우들의 음성 또한 매력적이었다. 분명 한국 성우의 더빙인데도 마치 목소리는 실제 외국인의 발성처럼 들렸으니 완벽한 명화극장이 된 것이다.

　TV에서는 토요일이 가까워져 오면 주말명화 예고편을 방영하였다. 나에게는 예고편을 기다리는 설렘 또한 즐거움이었다. 당시 검은 테 안경을 쓴 정영일 영화평론가가 넥타이를 맨 정장 차림이 아닌 양복 속의 폴로 티 차림으로 주말의 명화를 소개를 하였는데, 그 많은 영화를 다 보고 있다는 것에 대한 무한한 부러움이 있었다. 얼마 후 일본으로 직장으로 옮겨 TV를 보니 일본에도 주말의 명화가 있었고, 요도카와 나가하루라는 영화 평론가가 해설을 하고 있었다. 차이점이 있다면 정영일 평론가는 절대 웃지 않고 흐트러짐 없는 부동의 자세로 예고편 해설을 하였지만, 요도카와는 중간중간 장난기 서린 듯한 웃음을 지으며 손짓까지 곁들여 해설을 하였는데 해설 마지막엔 반드시 '사요나라, 사요나라, 사요나라(안녕히)' 라는 특유의 엔딩으로 인사를 했다. 나중에 알고 보니 영화감독인 구로자와와 더불어 일본뿐만이 아니라 세계적으로도 평판이 있는 영화 해설자였다.

요도카와 나가하루(淀川長治 1909~1998)는 '보다 많은 사람에게 영화의 매력을 전한다.' 라는 일념으로 타계하기 전날까지도 쉼 없이 32년간이나 해설을 계속 했었다. 1998년 9월, 오랜 세월 친교가 있던 구로자와 감독이 타계하자, 스스로의 죽음을 예감했었는지, 관속에 잠들어 있는 구로자와에게 '난 울지 않아, 나도 곧 뒤따라가기 때문이야.' 라고 말을 걸었고, 그로부터 2개월 후인 브루스 윌리스의 '라스트 맨 스탠딩' 의 해설 수록을 끝낸 후에 졸도하듯 쓰러져 다음 날 향년 89세 로 타계하였다.

요도카와 나가하루는 평생 독신으로 살다 생을 마쳤다. 자신의 모든 생을 영화에 바친 셈이지만 그에게는 결혼하지 않은 이유를 타계 후 TV를 통해서 알게 되었는데, 그 이유가 기이한 자신의 집안에 대한 복수였다는 슬픈 이야기였다 . 요도카와 나가하루의 부친은 나이 어린 신부를 맞이했다고 한다. 내 기억으로는 10살이 훌쩍 넘는 차이였던 것 같은 데, 이들 사이에서 태어난 자식이 獨子였던 요도카와 나가하루였다. 그의 부친은 어린 신부를 아내로 대하기보다는 남존여비의 보수적 성격으로 평생 남편의 수족으로만 여기며 엄한 통제를 하였다고 한다. 이런 모습이 어린 요도카와에게는 모친의 생애가 너무 불쌍해 보였던 모양이었다. 부친에 대한 불만과 반항이 결국 부친에 대한 저주로 이어지고 복수를 꿈꾸게 되는 데, 그 복수극의 내용은 독자인 자신이 결혼을 하지 않고 가문의 대를 끊는다는 것이었다. 결국은 자신의 뜻대로 독신으로 세상을 떠났는데 참으로 혹독하고 냉엄한 가문의 복수가 아닐 수 없다.

얼마 전 TV에서 영구 귀국한 사할린 동포가 모여 사는 고향 마을 이야기를 방영하였다. 그 프로를 보면서 20여 년 전 일본의 NHK에서 방영했던 사할린 동포의 안타깝고 슬픈 이야기가 떠올랐다. 사할린 동포의 재회를 다큐멘터리로 편집한 '너무 늦은 재회(遲すぎる再會)'라는 프로를 보던 그날 밤, 나는 너무 마음이 아파 6조의 다다미방에서 취할 정도로 맥주를 마셨다.

다큐멘터리 내용은, 한국에서 신혼 생활 중에 징용으로 끌려온 한국 남자와 한국에 남은 신부가 노부부가 되어 재회하는 이야기였다. 그 남자는 일본의 항복으로 종전은 되었지만 고국으로 돌아오지 못하고 사할린에서 독신으로 살게 된다. 징용으로 생이별을 한 그 남자의 아내 또한 징용 간 남편을 기다리며 슬하의 자식 없이 50여 년의 세월을 기다려왔다.

한국과 일본 정부의 사할린 동포 영구 귀국 추진에 따라 이들 부부는 50여 년이 흘러 노부부가 되어서야 재회를 한다. 하지만 50여 년의 세월은 부부로서의 애정은 찾아볼 수가 없었다. 취재진의 권유로 두 손을 잡고 공항을 걸어 나오지만 노부부의 표정은 눈물 한 번 글썽일 수 없는 그저 어색한 남남의 만남 같은 것이었다.

재회 당사자의 감정에 아랑곳없이 TV 장면을 지켜보는 내 가슴에는 까닭 모를 분노와 안타까움으로 가득했다. 그로부터 몇 개월이 흐르고 취재진이 한국으로 영구 귀국한 노부부의 생활상을 취재하기 위해 다시금 노부부를 찾았을 때, 그 할아버지는 한국의 환경과 습관에 적응하지 못한 불안한 생활이 지속되고 있었다.

사할린에서 공동 생산 공동 분배라는 사회주의의 규칙 생활에 익숙한 할아버지는 오히려 자유스러운 자본주의의 생활에 의욕을 잃고 우울증에 빠져있었고, 할머니 또한 할아버지와 함께 농사도 지으며 여생을 남편과 오손도손 살아갈 계획이었으나 우울증에 빠진 남편의 모습에서 실망감만 느낄 뿐이었다. 마치 영화 쇼생크 탈출에서 모범수로 가석방되었으나 장기복역으로 익숙해진 영어(囹圄)의 생활과 개방된 사회의 생활에 적응을 못 해 자살로 생을 마감하는 것과 같은 모습이었다.

그리고 몇 개월 후 NHK뉴스에서 그 할아버지의 소식이 방영되었다. 결국 할아버지는 마을 앞 신작로에서 교통사고로 사망했다는 소식을 전했고, TV 화면은 아직 마르지 않은 할아버지 봉분에 취재진의 조화와 소주 한 잔이 할아버지의 흔적을 대신하고 있었다. 허

무한 인생이 아닐 수 없었다.

　우리는 대체적으로 평범한 삶을 가꾸어 간다고는 하지만 치열하게 살고 있다. 치열하게 산다고는 하지만 평범한 삶의 테두리에서 낙오되는 듯한 조바심에 살고도 있다. 한 마리의 소(牛)가 외(一)나무 다리를 건너가는 듯한 아슬아슬한 인간의 '生', 도대체 어떻게 사는 것이 인생인가에 대한 딜레마에 자주 빠진다. 요도가와의 가문에 대한 복수나 너무 늦은 재회에 따른 부부애의 상실을 보면서, 한 인생을 꾸려가는 데도 왜 이토록 힘이 드는가를 생각해 보게 한다. 도대체 산다는 게 무엇이던가. 오! 세라비.

'아니오' 라고 말할 수 있는 배려

일본에 이시하라 신타로(石原愼太郎)라는 前 도쿄 도지사(東京都 知事)가 있다. 주변국의 반대여론에도 불구하고 제2차 세계대전의 A급 전범이 묻힌 야스쿠니(靖國) 신사에 매년 참배를 하고 있는 일본의 대표적 우익 정치인이다.

이시하라는 아시아 주변국에 끊임없는 망발과 망언으로 국제적 물의를 자주 일으키는 장본인이다. 하지만, 일을 집행하는 추진력이나 나름대로 일본 장래에 대한 비전을 가지고 있어서 일본 내에서는 국민적으로 지지가 높은 인물이기도 하다. 그는 대학 시절에 일본 최고 권위의 문학상인 아쿠타가와(芥川) 상을 받은 작가로도 유명한 그는 'NO라고 말할 수 있는 일본' 이라는 칼럼이 화제에 오른 적도 있었다.

일본인 마음을 알려면 혼네(本音)와 다테마에(建前)를 알아야 한다는 말이 있다. 혼네(本音)란 아무리 친한 사이라도 여간해서는 드러내지 않는 본인의 속내를 말하는 것이고, 다테마에(建前)란 그런 속마음을 가슴 깊숙이 묻어두고 그 명분을 앞세워야 한다는 것이다.

여간해서 얼굴에 본심을 드러내지 않고 숨길 수 있는 능력이 일본의 처세술이다. 일본인은 감정의 표현 가운데 얼굴로 표현하는 직접적인 방법은 천박하고 실례되는 행동으로 되어있다. 그러므로 일본인과 비즈니스를 할 사람이라면 반드시 일본인의 혼네와 타테마에를 사전에 알지 않으면 안 된다.

일본에서 생활하다보면 "생각해 보겠습니다", "연락드리겠습니다.", "다음에 뵙겠습니다."라고 하는 면피용 대답이 많음을 알 수 있다. 이런 대답은 거의가 NO라는 의미로 받아들이면 된다. 이런 혼네와 다테마에 라는 일본 문화 속에서 당당히 'NO라고 말할 수 있는 일본' 이라는 칼럼이 주목 받았음이 어쩌면 당연한 일인지도 모른다. 혼네와 다테마에는 일본에만 있는 것이 아니라 우리나라에도 약간의 차이는 있지만 혼네와 다테마에가 존재한다고 생각한다.

옛 직장 동료가 운영하는 회사인 C 사가 있다. 어느 행사장에서 우연히 만나 자신의 회사도 전산 구축을 해야겠다는 의사를 피력했다. 마침 우리 회사에서는 C 사에 적용할 수 있는 유사한 전산 업무를 개발하고 있는 상황이었기에 개발이 끝나면 업무 분석 후 프로그램 구축을 하자는 결정을 구두로 하였다.

한 달 정도가 지나 프로그램이 완성 되었기에 C 사에 연락을 하였다. 그러나 그의 답변은 회사에 복잡한 업무가 쌓여 있어서 다음 달에 이야기 하자고 했다. 다음 달이 되어 연락을 하니 바쁜 일이 있으니 이번 일이 끝나면 자신이 직접 연락을 주겠다고 했다. 이런 반복된 상황에서 몇 개월 정도가 지났다. 이런 경우는 백지화가 되어 가는 상황인 것이다.

C 사의 실무 중책을 맡고 있는 여직원 역시 옛 동료였기에 회사 상황을 넌지시 물어 보았다. 답변은 이외로 간단했다. 현재 업무로서는 전산화 할 필요성을 느끼지 않는다고 했다. 결국, 나에 대한 미안함 때문에 백지화 하겠다는 대답을 못하고 내가 지쳐 포기할 때까지 두루뭉수리 대답을 하고 있었던 것이다.

또 다른 업체인 P 사로부터 프로그램 개발 의뢰가 들어 왔다. 담당자와 만나 구체적인 이야기를 나누고 견적서를 보내기까지 하였다. 그 후 몇 번의 확인 전화를 할 때마다 '검토 중' 이라는 대답이 반복 되었다. 자주 전화 하는 게 담당자에게 부담을 주는 것 같아 결론이 날 때까지 차분히 기다리기로 하였다. 그러나 한 달이 다 지나도록 연락이 없었다. 이번엔 전화 대신 이메일로 연락을 취했다. 수신확인을 보면 열람은 꼬박꼬박 하는 데 아무 답변이 없었다. 이럴 때도 대개가 백지화 된 상황에 이른 것이다.

P 사와 가까운 곳으로 출장을 가게 되어 담당자와 안부나 나눌 겸 방문을 하게 되었다. 그리고 지난 번 검토 중인 사안에 대해서 물어 보았다. 대답 대신 담당자의 어이없다는 표정이 바로 나타나는 것

이었다.

"연락이 없으면 자동으로 백지화 되는 것 아닙니까?"

비즈니스 하는 사람이 그렇게 눈치가 없냐는 투로 대답을 한다.

"네, 저도 왜 그렇게 생각하고 있었습니다. 다만, 앞으로 비즈니스에 참고를 하려는 데 백지화가 된 이유가 있다면 말씀을 해 주실 수 있겠습니까?"

워낙 진지하게 물어서인지 그의 표정도 진지해짐을 느낀다.

"특별히 프로그램에 문제가 있어서가 아니라 내부 문제로 백지화가 되었습니다."라고 대답을 한다. P 사를 나오면서 나로서는 참으로 아쉬움을 감출 수 없었다. 내가 아쉽게 느꼈던 건 계약이 백지화 된 것이 아니라 백지화 되었다는 답변을 담당자는 왜 못 했던 것일까 하는 것이었다.

P 사를 나오니 해운대 갯바람이 얼굴을 적신다. 이 먼 곳까지 와서 '그렇게 눈치가 없냐'는 표정을 떠올리다보니 만만치 않은 세상살이에 나 자신 스스로도 한심하다는 느낌이 든다. 이윽고 해운대 바닷바람 속으로 소금보다 더 짠 자기 연민에 빠지며 눈가에 이슬이 맺혔다.

사람의 일이란 쉽게 결론이 나지 않아 시간만 흐르는 경우가 있다. 이럴 경우에는 "검토 중"이라는 대답은 옳은 표현이다. 그러나 이미 "불가"라는 결론이 났는데도 불구하고 미안 하다는 이유로 대답을 미룬다거나 면피용 대답을 한다는 것은 시간 낭비일 뿐이다.

이런 면피용 대답을 생각 할 때면 나는 이시하라 신타로의 "NO 라고 말할 수 있는 일본"이라는 칼럼이 생각난다.

'아니오' 라는 상황에서 '아니오' 라고 말할 수 있는 것은 상대방에 대한 배려라고 생각한다. 이것을 나는 〈 '아니오' 라고 말할 수 있는 배려〉라고 부르고 싶다.

영원한 보헤미안을 꿈꾸며

    사무실 베란다에 다소곳이 서 있는 파키라 이파리 사이로 둥근 달이 찾아들었다. 모처럼 보게 되는 보름달인 듯하여 날짜를 헤아려 보니 음력 4월 보름에서 하루가 지나고 있다. 차 한 잔을 들고 창가로 다가서니 고즈넉한 밤하늘의 달빛 아래로 희미한 구름이 하나 걸쳐져 있다. 한참을 바라보고 있노라니 내 마음은 어느새 이름 모를 나그네가 되어 구름에 달 가듯이 아련한 추억 속으로 흘러만 간다.

    고등학교 시절에 나는 김삿갓의 생애를 무척이나 동경하였다. 정의감에 찬 해학과 음풍농월을 지닌 예술가적인 방랑 생활이 너무도 멋져 보였기 때문이었다. 더욱이 불평과 반항심이 팽배한 사춘기적 시기였기에 바람처럼 구름처럼 떠도는 自由人의 모습이 그 무엇보다도 부러울 수밖에 없었던 것이다. 그 시절에 나는 집시(gypsy), 보헤미안(bohemian), 배가본드(vagabond), 에뜨랑제(etranger)라는 단어를 멋있어 하였고 현실을 떠난 집시적인 삶을 꿈꾸기도 하였다.

클래식에 눈을 뜨이고 부터는 집시들을 위한 음악인 사라사테의 지고이네르바이젠(Zigeunerweisen-집시의 달)을 좋아했다. 이 음악은 집시들의 억압할 수 없는 울분과 정열을 표현한 곡인데, 애조적인 삶 속에 잠재한 정열이 폭발하여 환희의 멜로디로 전환되는 카타르시스적인 느낌이 좋았었다.

흔히들 집시들을 일컬어 '한 곳에 安住를 못하고 독립적인 능력을 상실한 자' 또는 '불안정한 생활을 하는 유랑자' 라고 부정적으로 이야기를 한다. 그러나 그들의 생활이 다소 현실과의 괴리감은 있다지만 궁핍함 속에서도 현실을 헤쳐 나가는 끈기와 재능을 나는 높이 평가한다. 소리 따라 전국 각지를 떠도는 소리꾼이나 남사당패처럼 그들이 지닌 예술적 재능과 열정만큼은 그렇게 부러울 수가 없다.

일본에서 직장 생활을 할 때는 동경(東京)에 위치한 하라주쿠(原宿)를 자주 갔었다. 거기엔 언제나 자유와 방종이 공존하며 젊은이들의 개성과 열기가 넘치고 있었다. 그곳에는 치렁한 장발에 낡은 재킷과 청바지를 입고 기타를 멘 집시적인 분위기를 지닌 악사가 많았다. 음악과 함께 떠돌다가 돈이 떨어지면 아무 곳에서나 노래를 불러 팁을 받고 그 돈으로 숙식을 해결하는 현대판 집시들이었다. 그러한 악사들이 연주하는 음악 속에 파묻히는 것을 나는 좋아했다. 그들의 음악 속에 파묻히다 보면 내 모습은 다름 아닌 에뜨랑제(이방인)가 되어 있었다. 집시와 에뜨랑제의 분위기에서 느껴지는 자유스러움이 한없이 좋았다. 강렬한 음악과 자유스러움에 젖어 가노라면 생명의 고동처럼 박동하는 강한 열정이 내 몸 안에서도 꿈틀 되는 것이 감지되었다. 그것은 비록 그들과의 삶의 방향은 다르지만 자신의 내적 능력을 사랑하는 뜨거운 열정이 서로 확인되는 순간이었다.

광주로 돌아와 35살에 결혼하기까지 가족의 결혼 성화에도 아랑 곳하지 않고 나는 '자유와 고독'을 만끽하는 생활을 추구했었다. 내 삶의 열정이 식지 않는 한 애써 이성을 찾지 않아도 자연스럽게 인연이 생길 거라 믿었었다. 그렇기에 휴일이면, 야전 점퍼를 걸치고 가방 하나 메고 시외버스를 타고서 인근 절을 나 홀로 찾아다니는 생활을 하였다. 마치 승복 입고 바랑 하나 둘러메고 떠도는 운수납자(雲水衲子)처럼 이곳저곳을 기웃거리고 다녔었다.

홀로 다니는 길에는 자유와 침묵이 존재했다. 그 침묵 속에서 자신과 나누는 마음의 대화에서 난 행복을 느낄 수 있었다. 가진 것은 적었지만 나 홀로 이 세상을 헤쳐 나갈 수 있다는 자신만의 믿음을 확인하는 행복이었다. 이제는 시간이 흘러 가족을 거느린 가장이 되다 보니 나 홀로 집시 흉내를 내기도 어려워진다. 사회는 점점 편리해 지지만 그만큼 경쟁이 치열해지고 있다. 그러다 보니 생활의 여유는 더더욱 없어져만 간다. 여유가 없어지면서 정신이 피폐해져 가는 것을 자주 느낀다. 사색을 통한 자신과의 대화가 부족하고 삶의 열정이 식어 간다는 증거이다. 나는 요즘 현실도피가 아닌 집시적인 여행을 떠나고 싶다. 혼자만의 자유스러움 속에서 자신을 겸허하게 반추할 수 있는 사색의 시간이 갖고 싶어서이다. 그 시간 속에서 지난날에 지녔던 열정과 여유를 되찾고 싶다. 침묵이 머무는 달빛 속으로 이내 마음은 어느덧 집시가 되어있다. 오늘밤에는 뜨거운 열정과 삶의 멋을 추구하는 영원한 보헤미안이 되어 저 먼 달빛 속으로 집시적인 여행을 떠나 볼까나.

무소유와 노숙자

　서울을 떠나 광주를 향하는 기차가 서서히 움직이기 시작한다. 방금 마신 뜨거운 커피 한 잔의 온기가 온몸으로 퍼져간다. 의자를 뒤로 젖히고 두 발을 쭉 펴며 기지개와 함께 허리를 길게 펴본다. 맑고 시원스런 아침 햇살이 내 가슴속으로 빨려 들어오는 느낌이다.

　독서를 하기 위해 간이 탁자를 펼친다. 그러다 문득, 책장을 향하던 나의 시선은 허공을 향하며 잠시 책을 덮는다. 조금 전 대합실에서 찢어진 경제신문을 읽고 있던 한 노숙자의 초췌한 모습이 눈에 아른거려서다. 이윽고 안타까운 한숨이 소리 없이 흘러나온다. 그도 어느 한 가지에 능력이 있을법한데 어찌하여 자신의 희망과 능력을 버리고 노숙자가 되었을까. 언제까지 사회의 냉대와 좌절 속에서 살아야할까.

　나는 한때 일본에서 직장을 다닌 적이 있었다. 1989년 무렵의 일이다. 일본에 처음 도착하여 의아하게 느낀 것이 몇 가지 있었는데,

그중의 하나가 노숙자의 모습이었다. 선진국이라는 일본의 거리에 노숙자가 많다는 사실에 나는 적잖이 놀랐었다. 신문지를 깔고 노숙하는 모습은 걸인이나 진배없는 처참한 삶이었다. 그런 거리의 노숙자와 나는 출퇴근길에 서로 인사와 농담을 주고받으며 살갑게 지낸 적이 있었다.

일본의 주택가 한 귀퉁이에는 폐품 하치장이 있었다. 한국 유학생과 단기 체류자들 가운데는 이곳에 버려진 폐품에서 쓸 만한 물건을 가져다가 쓰기도 한다. 나 역시 그들 틈에 끼여 TV, 라디오, 녹음기, 책상, 의자 등의 폐품을 주워 다가 사용한 적이 있었다.

어느 날 일과를 마치고 어스름한 저녁 무렵 숙소로 돌아오는 길이었다. 골목길 한구석에 폐품들 사이로 제법 반반해 보이는 스테레오 녹음기가 버려져 있는 것이 눈에 띄었다. 건전지와 카세트테이프도 끼워져 있어 작동을 해보니 전혀 문제가 없는 녹음기였다. 나는 횡재를 했다는 생각으로 그 녹음기를 들고 의기양양하게 숙소로 돌아와 음악을 켜 보이며 직원들에게 자랑을 했다. 그런데 옆에서 잠자코 듣고 있던 선배가 몸을 일으키더니 어서 녹음기를 제자리에 갖다 놓으라고 하는 것이었다. 아무래도 그 녹음기의 주인은 그 골목의 노숙자 같다는 것이었다. 한 마디로 버려진 물건을 주워온 게 아니라 남의 물건을 훔쳐온 꼴이 된 것이다.

당시 나의 선입견으로는 노숙자의 이미지는 걸인으로 생각되었기 때문에 걸인에게 용서를 빈다는 자체가 보통 껄끄러운 게 아니었다. 몇 시간을 망설이다가 결국은 용기를 내어 노숙자에게 자초지종을 이야기하고 사과를 했다. 그런데 무표정하게 내 이야기를 듣고 난 노숙자는 뜻 밖에도 '다이죠부요(괜찮아요)!, 다이죠부요!'를 연발하며 호탕하게 웃는 게 아닌가.

그런 일이 있은 후부터는 그 노숙자를 보는 게 부끄럽기도 해서 다른 길로 피해서 다녔는데, 어느 날 동료의 짐을 옮기려다 보니 화물차가 필요하게 되었다. 막상 화물차를 빌리려고 하니 금액이 부담되었다. 궁하면 통한다고 문득 그 노숙자가 폐품 수거용으로 가지고 다니는 조그만 리어카가 생각났다. 지난번 녹음기 때문에 계면쩍기는 했지만 비용 절감을 위해 혹시나 해서 사정을 이야기했더니 '이이요!(좋아요), 이이요!' 하면서 선뜻 빌려주는 게 아닌가. 내가 반나절 정도 리어카를 사용해버리면, 자신은 반나절 동안 사용을 못하는 데도 말이다.

그 후로는 그 노숙자와 서로 인사를 하고 지내는 사이가 되었고 노숙자가 살아가는 모습을 눈여겨보게 되었다. 비록 가정과 사회 적응에 실패하여 노숙자가 되었지만, 그저 구걸하며 살아가기보다는 쓰레기장이나마 뒤져가며 수집한 폐품들을 팔아 살아가는 모습이 무척이나 긍정적으로 느껴졌다. 언젠가는 다시금 사회에 적응해서 살아갈 수 있을 거라는 희망을 갖기에 충분한 모습이었다.

사람들 사이에서 물질적 욕망을 탓할 수는 없을 것이다. 그러나 소유에 대한 애착과 이기심이 필요 이상의 과욕으로 느껴질 때가 있다. 외면적인 우월감과 체면만을 생각할 때 갖게 되는 과욕이다. 나는 이런 과욕이 느껴질 때면 일본에서 보았던 그 노숙자를 생각하기도 한다. 녹음기를 돌려주고 리어카를 빌려 줄 때, '다이죠부!, 다이죠부!' 라고 외쳤던 그 노숙자의 호탕한 모습에서 무소유의 자유스러움이 부러웠기 때문이다. 무소유의 자유스러움을 갖는다는 건, 더욱 여유롭고 넓은 마음을 갖게 하는 것 같다. 겸허한 삶을 영위하는 데 있어서도 무소유의 깊은 참뜻은 결코 져버릴 수 없을 것이다.

작사가를 꿈꾸며

연인과의 사랑에 실패를 하면 사랑 타령의 유행가가 좋아지고 가사에 감정이입이 쉽사리 이루어진다. 못 다한 사랑의 마음을 유행가 가사로 위안을 받기도 하고 애증의 미움을 떨치기도 한다. 그러다보니 사랑 타령의 가사가 많다.

작사가는 유행가 가사가 사랑 타령 일색이라는 비판을 받지만 현실적으로 사랑의 소재가 일반인에게 쉽게 다가서기에 결국 사랑 타령의 가사를 쓸 수밖에 없다고 한다. 그만큼 우리 인생에서 사랑만큼 중요한 게 없다. 막장 드라마라고 비판을 받지만 결국 쓸 수밖에 없는 현실과 비슷하다고 이야기할 수 있다.

드라마 작가에게도 왜 막장 드라마를 쓰냐고 물으면, 막장이라는 소재로만 본다면 고전 소설부터 시작되었다며 막장 소재를 재미로만 여기지 말고 상황에 따른 인간의 고뇌도 함께 되짚어보는 것도 의미가 있다는 이야기를 한다. 작사가 또한 같은 마음일 것이다.

난 학창 시절과 사회 초년병 시절에는 대중가요를 무척 좋아했다. 대중가요와 멀어지게 된 시점이 서태지와 아이들이 출현하고 부터이다. 랩이라는 음악 장르가 우선 낯설어서인지 멜로디를 따라갈수가 없고, 가사를 훑어보면 기존 가요의 감성적인 내용과는 패턴이 다르다보니 시나브로 멀어지게 되었다. 그렇지만 어린 시절을 지나 성인이 되어서도 대중가요는 나에게서는 오아시스 같은 청량제로 여기기에 충분했다. 특히 대중가요는 가사에 관심이 많았다.

학창 시절 詩가 아닌 가사에서 아름다움을 느꼈던 것은 가곡 '그네'였다. 여류소설가 김말봉이 가사를 쓰고 금수현이 곡을 붙인 이 가곡을 부르거나 들을 때는 가사가 정말 아름답다고 여겼었다. 그러나 그네 외의 다른 가곡 중에 가사가 아름답다고 느낀 곡은 별로 없다. 가곡을 많이 알지 못한 탓도 있겠지만 멜로디와 가사가 부드럽지 않기 때문이다.

가곡은 대체적으로 시인의 詩를 가사로 사용하는 경우가 많다. 가곡은 作詞라 하지 않고 作詩라고 한다. 따라서 멜로디에 억지로 詩를 붙이는 형태가 되다보니 자연스럽게 느껴지지가 않는다. 따라서 좋은 글이 반드시 좋은 가사라고는 볼 수 없다.

어려서 유행가를 알기 시작할 무렵에 나훈아의 '물레방아 도는데'라는 가사를 좋아했다. 시인 정공채의 형인 정두수가 작사한 노래인데 어린 마음에도 가사 자체가 나에게는 한 편의 詩였다. 서울에 대한 동경의 마음과 물레방아라는 낯설지 않는 시골 내음에서 느낀 포근함이었을 것이다.

돌담길 돌아서며 또 한 번 보고
징검다리 건너갈 때 뒤 돌아보며
서울로 떠나간 사람
천리타향 멀리 가더니
새 봄이 오기 전에 잊어 버렸나
고향에 물레방아 오늘도 돌아가는데

작사가별로는 정두수, 박건호, 양인자의 가사를 좋아 한다. 한때 박건호 작사가를 직접 만나보고 싶었는데 마침 알고 지내는 시인의 모임에 회원이라는 것을 알았다. 언젠가는 그 모임에 나가면 만날 수 있으리라는 기대를 가졌었지만 지병으로 세상을 뜨는 바람에 결국 만날 수 없는 상황이 되어 버렸다. 거기에다 박건호 작사가의 비하인드스토리를 서술한 책 또한 이미 절판되어 구할 수가 없었기에 이래저래 박건호 작사가와는 인연이 없었나보다.

대중가요를 들으면 가사를 음미해보는 자연스러운 습관이 생겨서인지, 언젠가 나도 직접 작사를 해보고 싶다고 생각했던 적이 있었다. 한경애의 '타인의 계절'이 히트하고 있을 때였다.

첫 직장을 서울의 어느 백화점 전산실에서 시작을 하였다. 나는 추위를 많이 타는 체질에다 서울이라는 낯선 환경에서 맞이하는 음울한 겨울은 길기만 하였다. 한 해가 가고 애타게 기다리는 봄은 왔건만 꽃샘추위가 또 기다리고 있었다. 첫 직장의 모든 게 서툴고 부족하고 힘들었던지라 꽃샘추위에 무방비로 떨고 있는 상태에서 듣게 되었던 가요였다. 특히 "낯선 바람은 꽃잎 떨구고"라는 가사가 나 자신의 모습처럼, 서러우면서도 아름다운 가사로 여겨져 한동안 애창을 하였다. 언젠가 나도 이런 멋진 노랫말을 만들어야겠다는 의지가 처음 생긴 순간이기도 했다.

그 당시에는 양인자가 작사한 이선희의 "알고 싶어요"도 히트 중이었는데, 가사 중에 "바쁠 때 전화해도 내 목소리 반갑나요"라는 노랫말이 참 인상적이었다. 시적인 표현은 아니지만 사랑의 깊이를 느낄 수 있는 가사였기에 싱글이었던 나에게는 부러움을 느끼게 하는 가사였다.

노래방에 가게 되면 노래 부르는 사람의 모습보다도 모니터 자막으로 표시되는 가사에 집중을 한다. 그러다보니 가끔 분위기에 흥을 깨는 노래를 부르는 경우가 있는 데 대표적인 노래가 '나 가거든' 이다.

쓸쓸한 달빛 아래 내 그림자 하나 생기거든
그땐 말해볼까요 이 마음 들어나 주라고
문득 새벽을 알리는 그 바람 하나가 지나거든
그저 한 숨 쉬듯 물어볼까요 나는 왜 살고 있는지

나 슬퍼도 살아야 하네 나 슬퍼서 살아야 하네

이 삶이 다하고 나야 알 텐데

내가 이 세상을 다녀간 그 이유

나 가고 기억하는 이

나 슬픔까지도 사랑했다 말해주길

흩어진 노을처럼 내 아픈 기억도 바래지면

그땐 웃어질까요 이 마음 그리운 옛 일로

저기 홀로 선 별 하나 나의 외로움을 아는 건지

차마 날 두고는 떠나지 못해 밤새 그 자리에만

나 슬퍼도 살아야 하네 나 슬퍼서 살아야 하네

이 삶이 다하고 나야 알 텐데

내가 이 세상을 다녀간 그 이유

나 가고 기억하는 이

내 슬픔까지도 사랑하길

부디 먼 훗날 나 가고 슬퍼하는이

내 슬픔 속에도 행복했다 믿게 해

소프라노 조수미가 불러서 그런지 모르지만 고급스런 가사라는 생각이 들어, 함께 감정이입을 시켜보려는 나의 의도적인 욕심이 있어서이다. 그렇지만 반응은 항시 싸늘하다. 가사는 감상적이지만 멜로디가 분위기 맞지 않기 때문일 것이다.

요즘은 나이가 들어서인지 회한의 가사가 녹아 있는 노래가 좋아진다. 가는 세월이 두렵다는 것은 결코 아니지만 그래도 아쉬움을 느껴질 때는 잠시나마 시간이 멈추었으면 하는 바람이 있다. 이때에는 '고장 난 시계'의 가사가 떠오른다. 멜로디와 전체적인 가사는 평범하지만 "저 세월은 고장도 없네"라는 마지막 가사를 후렴구처럼 반복하며 무정한 세월을 느끼게 된다.

대중가요에서 느끼는 페이소스는 어쩌면 자기연민인지도 모르겠다. 결국 스스로에게 위안을 받고자 느끼는 흠모의 대상이 되는 것이다. 잘 쓰인 한 편의 노랫말은 만인의 연인이나 친구가 될 수 있고 위로를 받을 수 있다. 그 위로 속에서 소망을 지니게 된다. 그래서 나는 오늘도 마음 속 연인을 그리며 작사가를 꿈꾼다.

봄날은 간다

뉴질랜드로 이민간 죽마고우가 있다. 이 친구는 초·중학시절 체육을 제외한 전 과목에 최우수 성적을 냈고 용모마저 귀공자 타입이어서 친구들 사이에서는 언제나 선망의 대상이었다. 공부뿐만이 아니라 겸손과 덕을 적절히 갖추어 사회에 나와서도 금융권의 경제통으로 승승장구한 친구였다. 거기에 예술적 감성까지도 두루 갖추었는데 특히 음악성이 뛰어났다. 그 친구가 노래를 부르면 남녀 불문하고 분위기에 흠뻑 빠지게 되는데, 나는 그 친구가 직장 생활을 시작하면 社內 여직원들이 이 친구를 가만히 두지 않을 것이라는 생각을 했다. 아니나 다를까 내 예상대로 친구는 참한 여직원과 사내 결혼을 하였는데, 내 기억으로는 대학입시 때 잠시 주춤한 것을 빼고는 승승장구의 길을 걸었던 친구였다.

이렇게 잘나가던 친구가 금융권에서 손을 떼고 돌연 뉴질랜드로 이민을 떠났다. 이민 생활이 정착되고 안정이 되자 자신의 취미 생활을 전해왔다. 소프라노색소폰을 배웠다고 했다. 친구가 소프라노 색소폰을 시작하게 된 것은 노후의 행복과 감성의 해소라고 했다. 남자는 나이가 들면 아내에게 의지해서 살아가는 경향이 짙은 데, 아내에게 같이 놀아 달라고 졸라대느니 혼자 할 수 있는 취미 생활을 궁리하던 중 소프라노색소폰을 시작하게 되었다고 했다.

어느 날 친구는 백설희가 불렀던 '봄날은 간다'를 녹음해서 SNS로 보내왔다. 내가 색소폰을 배우지 않아 이 정도 연주 실력이면 어느 수준인가는 모르겠지만, 비록 아마추어적인 느낌은 들지만 그 노래의 감성을 느끼기에는 충분했다. 다만 모던스타일인 이 친구가 왜 이 노래를 첫 번째로 선택해서 보내왔는지 궁금했다. 평소에 포크 계통의 노래를 좋아 했기에 이 곡은 의외로 느껴졌었기 때문이었다. 단지 연주하기 쉬워서 이 곡을 선택했을까 라는 상상을 하고 있던 참에 메신저로 이야기를 나눌 기회가 있었다. 자신은 이 노래를 좋아하고 특히 최백호가 부른 '봄날은 간다'를 제일 좋아한다며 손사래 치며 부르는 최백호 모습이 너무 매력적이라고까지 강조를 했다. 메신저가 끝나고 잠시 나는 생각에 잠겼다.

나도 이 곡은 어려서부터 알고는 있었지만 몇 년 전 TV드라마 '자이언츠'에서 이덕화의 옛사랑이 밤무대에서 '봄날은 간다'를 부르는 모습을 보고나서 관심의 곡으로 다가온 노래이다. 이 노래는 중년 이후가 되면 한 번쯤 음미해 보는 노래가 아닐까 한다. "열아홉 시절은 황혼 속에 슬퍼지더라"라는 가사의 내용과 같이 지난 세월의 아쉬움에 젖어 한 번쯤 덧없는 세월과 자신의 인생을 반추해보는 분위기가 되기 때문일 것이다. 바보처럼 살아온 지난날의 자학성 푸념을 지난 세월 속으로 흘려보내려는 전조곡이 되는 것이다.

중년의 나이가 되면 자신을 위로 하고 사랑하기 위한 마음가짐이 또렷해지는 것 같다. 그건 자기 합리화를 위한 자기최면적일 수도 있지만 삶을 관조할 수 있는 지혜라고도 생각되어진다. 자신을 사랑 한다는 것은 실존적 자기철학을 가져야만이 형성될 수 있는 자아인 것이다. 따라서 회한 속에서 느끼는 자기 연민이 아닌 아쉬움을 딛고 일어서려는 소망의 발로인 것이다.

또 하루를 마무리하는 시각에 한 잔의 맥주가 생각난다. 거품 가득한 맥주를 입술에 적시며 새가 날면 따라 웃고, 새가 울면 따라 울던 얄궂은 그 노래에 나의 행복한 미소도 실려 보내련다. 오늘은 나도 모르게 '봄날은 간다' 가 흥얼거려진다.

연분홍 치마가 봄바람에 휘날리더라
오늘도 옷고름 씹어 가며
산제비 넘나드는 성황당 길에
꽃이 피면 같이 웃고 꽃이 지면 같이 울던
알뜰한 그 맹세에 봄날은 간다

새파란 풀잎이 물에 떠서 흘러가더라

오늘도 꽃 편지 내던지며

청노새 짤랑대는 역마차 길에

별이 뜨면 서로 웃고 별이 지면 서로 울던

실없는 그 기약에 봄날은 간다

열아홉 시절은 황혼 속에 슬퍼지더라

오늘도 앙가슴 두드리며

뜬구름 흘러가는 신작로 길에

새가 날면 따라 웃고, 새가 울면 따라 울던

얄궂은 그 노래에 봄날은 간다

찻집의 고독

테이크아웃을 위해 커피 점에 들어서니 예비군복을 입은 젊은이들이 눈에 띈다. 주문한 커피를 기다리면서 그들을 보고 있노라니 내 기억 속으로 슬며시 웃음이 나오는 애처로웠던 친구의 모습이 떠오른다.

지난 젊은 시절 시골에서 예비군 훈련을 받을 때의 이야기다. 점심 도시락을 먹고 오후 훈련 시작까지는 약간의 시간이 남아 있어 근처의 다방엘 들어갔다. 마침 다방 한쪽구석에 친구가 혼자 커피를 마시고 있어 반가운 마음으로 합석을 하고 커피를 주문했다. 근데 친구의 표정이 평소와는 다르게 영 반가워하는 눈치가 아니다. 대화를 시작해도 초점은 자꾸만 다른 곳을 주시하고 뭔가 안절부절 못하는 모습이 느껴진다. 주문한 내 커피가 막 탁자에 놓이는 순간 친구는 벌떡 일어서더니 500원 짜리 동전을 내 앞에 건네고는 커피 값 계산할 때 자신의 커피 값도 함께 지불해달라는 부탁을 하고는 총총걸음으로 다방 문을 나선다. 그때서야 상황 판단이 이루어졌다. 당시 커피 값이 450원인가 했던 기억인데, 친구 수중엔 500원짜리 동전하나 밖에 없었나보다. 평소 폼생폼사였던 친구의 입장에서 혹시라도 자신이 두 잔 커피 값을 지불해야하는 상황을 방지하기 위해 자신의 커피 값만 치르고 부랴부랴 자리를 뜬 것이다. 가난한 친구의 애처로운 뒷모습이었다.

요즘 정말 커피숍이 많아졌다. 소비자의 입장에서는 다양하고 깨끗한 커피숍을 선택해가며 마실 수 있기에 좋기는 하지만 카페인 중독이 염려되고 가격이 만만찮다. 그래도 커피의 유혹을 떨칠 수가 없다. 휴일 아침 인적이 드물 때 커피숍에서 조용히 커피 마시는 것을 좋아한다. 늦잠 자는 아이들을 유혹해서 모닝커피를 마시러 커피숍으로 간다. 아이들은 소시지나 빵을 곁들여 마시고 난 그냥 아메리카노 한 잔만을 마시게 된다.

언제부터인가 딸아이가 커피숍에서 과제를 하거나 책을 읽는 모습을 보고 좋은 공부방 놔두고 왜 그러나 싶었는데, 나 또한 이제는 커피숍에서 책읽기를 좋아하는 데 의외에 집중도 잘 되고 책도 잘 읽힌다. 커피 향에 중독된 분위기가 독서 분위기까지 전이된 느낌이다. 커피숍에 가면 탁 트인 창을 바라보고 혼자서 마시는 긴 테이블이 있다. 그 탁자에 앉아 창밖을 바라보며 차를 마시는 연인들의 뒷모습은 언제 봐도 아름답다. 남자의 쩍 벌어진 듬직한 어깨와 단정한 숙녀의 뒷모습이 너무 행복해 보인다. 친구들끼리 한 잔의 커피를 앞에 두고 담소를 나누는 모습도 평화롭다. 다소곳이 앉아 책을 읽는 싱글의 모습도 보기 좋다. 다만 단체 손님이 밀어 닥쳤을 때의 어수선한 분위기는 내 인내의 한계를 느끼기에 그럴 때에는 도중에 일어나 버린다.

이렇듯 요즘 커피숍에서는 연인이든 친구든 싱글이든 행복한 모습들로만 비치고, 한때 나훈아가 부른 '찻집의 고독'의 분위기는 좀체 느껴지지 않는다.

그 다방에 들어설 때에 내 가슴은 뛰고 있었지
기다리는 그 순간만은 꿈길처럼 감미로웠다
약속시간 흘러갔어도 그 사람은 보이지 않고
싸늘하게 식은 찻잔에 슬픔처럼 어리는 고독

아 사랑이란 이렇게도
애가 타도록 괴로운 것이라서
잊으려 해도 잊을수 없어
가슴조이며 기다려봐요

흠모하는 사람에게 어렵사리 약속을 잡고 행여나 올까말까 기다리는 애타는 심정을 노래한 가사인 데 언제 들어도 찻집의 고독이 느껴지는 노래이다.

예전의 다방이나 지금의 커피숍은 우리 모두의 문화 공간이었다.

하지만 현대화되고 고급스러운 커피숍에 밀려 예스런 다방은 한적한 변두리에서 갈 곳 없는 몇몇 노인들이 차 한 잔 주문하고 하루를 보내는 장소가 되어 버렸다.

아주 오래 전에 TV에서 소개 되었던 대구에 있는 고전음악다방 '국향'이 떠오른다. 그 다방의 주인이자 DJ인 그 어르신은 고희를 훨씬 넘은 지긋한 연세에도, 음악에 대한 열정만큼은 누구에게도 뒤지지 않을 정도로 강렬했다. 가끔씩 친지와 지인들을 초청해 지하 다방에서 작은 음악회를 열 정도였다. 손님이 없을 때에는 음악을 켜놓고 지긋하게 두 눈을 감고 감상하는 모습이 너무도 평온하고 행복해 보였다. 지금도 존재하는지 모르지만 아직도 영업을 한다면 꼭 한 번 가보고 싶은 음악다방이다.

현대 사회의 개방이 가속화되고 신파적인 찻집의 고독이란 한갓 유행가 가사가 되었을 지라도, 사랑의 본질은 사라지지 않을 것이다. 다만 표현의 방법이 바뀌어 가고 있을 뿐이다. 그저 즐겁고 행복한 모습들로만 비춰지는 지금의 커피숍 한 쪽 구석에서도, 싸늘하게 식어가는 커피 한 잔과 울리지 않는 휴대폰을 곁에 두고 찻집을 고독을 느끼는 청춘이 있을 것이다. 사랑은 기다림이다. 애탔던 기다림이 결실을 맺었을 때, 가슴 조이며 기다렸던 찻집의 고독과 사랑의 마음이 영원히 변치 않기를 소망해 본다.

페드라(Phaedra)

다운타운 가를 거닐 때는 크고 작은 상점의 인테리어나 상호를 관심 있게 바라본다. 특히 뒷골목을 거닐 때 더더욱 집중을 한다. 대로변의 상점은 대체적으로 규모가 큰 상점이기에 이름이 많이 알려져 있지만, 뒷골목의 상점은 아무래도 규모가 작은 상점이기에 아기자기한 디자인과 독특한 상호가 많기 때문이다. 의상실 인 '예쁘제', 미용실 인 '곱슬이와 찰랑이', 화장품 가게인 '앙큼한 것', 치킨집인 '속닭속닭', 호프집인 '잔비어스' 등 재미있는 이름들이다.

오늘도 대학가의 뒷골목을 지나다 눈에 띄는 상호에 시선이 멈춰진다. 예쁘고 독특한 상호는 아니지만 카타르시스적인 뉘앙스가 풍기는 상호이기에 무슨 가게인지를 살펴본다. '페드라' 라는 음악 카페이다. 60도 경사지게 뉘여서 휘갈긴 듯한 글씨체의 한글과 빨간 영문 필기체로 멋들어지게 쓰여 있다. 대학가의 뒷골목 분위기에 어울리는 가게 이름이다.

페드라(Phaedra)는 영화 제목으로 많이 알려져 있다. 극장에서 정식으로 본 적은 없고 비디오로만 잠깐 본 적이 있다. 페드라는 그리스신화 페드라를 모티브로 만든 영화인데 현대적 감각으로 각색을 하여 우리나라는 1962년 '죽어도 좋아' 라는 제목으로 개봉되었던 영화이다.

미국 J.F. 케네디 대통령의 영부인이었던 재클린과 결혼을 했던 그리스 해운 왕 오나시스를 연상케 하는 스토리였는데 오나시스의 일대기를 떠올려보면 굳이 영화를 보지 않았어도 스토리가 짐작이 가능한 영화이기도 하다.

영화에서는 그리스 해운업 재벌의 딸 페드라는 해운 업계의 실력자 타노스와 결혼한다. 타노스에게는 알렉스라는 전처소생인 24세의 아들이 있었다. 런던에서 경제학을 공부하고 있던 알렉스는 아버지의 결혼 소식에 새어머니가 된 페드라를 증오하며 그리스로 귀국을 하지 않는다. 그러나 런던 박물관에서 서로를 처음 만난 순간, 페드라는 젊고 순진한 알렉스를 첫눈에 사랑하게 되고 알렉스 역시 새 어머니인 페드라에게 운명적인 사랑을 느껴 둘은 열렬히 사랑하게 된다. 금기를 깬 두 사람은 결국 죽음에 이르게 되는 파국의 길을 자초하고 마는 데, 스토리로는 일반인의 정서에는 부합하고 결코 아름답지 못한 사랑과 질투의 양면성을 보여준 영화였다.

난 이 영화 마지막 부분에서 죽음을 향하여 스포츠카의 요란한 굉음 속으로 질주를 하며 '페드라! 페드라!' 를 외치며 절규하는 영상이 깊이 각인되어 있다. 현실의 벽에 부딪혀 못다 핀 내 청춘의 반성과 아쉬움이 영화를 통해 대리 분출 되는듯한 절규로 느껴졌기 때문이다.

1980년대 세계 챔피언에 올랐던 일본의 인기 프로복서가 있었다. 복서로서의 파이팅 외에도 남성다운 외모를 겸비해 대중적인 인기를 누렸다. 하지만 경기 중 머리에 받은 충격 후유증으로 뇌수술까지 받고 결국 은퇴를 하였는데, 후에 예능프로에 가끔 나와 지난 인기를 되살리고 있었다.

어느 날 일본의 유명 세제 업체인 화왕(花王)의 CF에 그가 등장했기에 유심히 보았는데, CF 마지막에 라이언 킹(獅王)을 의미한 듯한 '라오~ 라오~'를 하늘을 향해 외치는 모습이 눈에 띄었다.

기량과 인기의 절정에서 타의적으로 은퇴를 할 수 밖에 없었던 그의 스토리를 알고 있기에, 나에게는 그 외침이 단순 CF의 외침이 아닌 복서로서 기량을 다하지 못한 통한의 절규로 들리기에 충분했다. 이 두 외침의 내면에는 반항과 자학이 공존하는 듯하다. 누구든 그러하듯이 나 또한 사춘기를 지나오며 자의적 타의적으로 느끼는 반항적인 행동을 보이며 자라왔다. 이제는 내 주위의 반항을 받으며 살아가는 위치가 되었다. 아들, 딸의 사춘기적인 반항, 아내의 사회적 반항 그리고 직원들의 불만적인 반항을 직간접적으로 느끼며 살아가고 있다. 거기에 내 스스로의 반항까지도 느껴진다. 아이들이나 아내나 직원들의 반항은 시간이 지나면 잊히지만 내 자신의 자학성 반항은 쉽게 잊히지 않는다. 때로는 참을 수 없는 울화나 답답함에 내 이성이 흐려지고 인내의 한계에 다다르고 있을 때가 있다. 이럴 때는 스스로에게 위로를 하거나 울분을 해소하지 않으면 안 된다.

언젠가 안철수 의원은 울분이 생길 때에는 샤워기에 물을 세게 틀어 놓은 상태에서 악을 써 본다고 한다. 나의 경우는 혼자 운전을 하면서 악에 가까운 소리로 "페드라~ 페드라~" 또는 "라오~ 라오~"를 외친다. 이렇게 몇 번 외치고 나면 어느 정도 가슴속의 응어리가 풀어지고 마음이 안정되어 감을 느낀다. 일종의 자기최면인 셈인데 요즘 들어 이런 샤우팅이 늘어가는 느낌이다. 아직도 내 욕심의 가지치기를 못하고 내 자신을 사랑하지 못하는 자학성 샤우팅인가 보다.

4부
따스한 가족의 그리움

아제베와 광주백작

인터넷 게시 글에 예명을 많이 사용한다. 본명이야 자신의 의도가 전혀 가미되지 않은 상태에서 지어진 이름이기에, 사적인 공간에서는 본명을 사용하기보다는 자신의 의도가 가미된 예명을 많이 사용한다. 그중에는 장난스러운 예명도 있지만 가끔은 멋지고 아름다운 예명도 있다.

내가 아는 지인 중에 '세노비' 라는 예명을 가진 여류 수필가가 있다. 언뜻 들으면 고은 시인이 가사를 쓰고 양희은이 노래한 '세노야' 를 떠올리게도 한다. '세노비' 라는 뜻은 일본어의 조합인데, '세(せ)' 는 사람의 등(背)을 뜻하고, '노비(のび)' 는 편다(伸び)의 뜻이다. 일본어 통역 실에 근무하는 커리어우먼의 직업적인 예명일 수 있지만 부르기도 예쁘고 뜻 자체 또한 마음에 드는 예명이다. 내가 컴퓨터 프로그래머로 30년 가까이 컴퓨터 자판을 치다 보니 나도 모르게 등이 앞으로 굽었다. 이런 모습으로 일을 하는 나에게, 아내는 수시로 등을 곧게 펴라고 이야기하지만 일종의 직업병으로 굳어

진 자세가 되어버렸기에 아내의 독백으로만 들린다.

　새해가 되면 누구나처럼 다짐하는 것이 있다. 굽어진 등이 활짝 펴지도록 앞으로의 계획들이 활짝 펴지기를 소망하는 것인데, 이때 세노비라는 뜻을 음미하기에 안성맞춤이 된다. 참으로 멋있는 예명이 아닐 수 없다. 나 또한 두 개의 예명을 갖고 있다. '아제베'와 '광주백작'이다. 전자는 나 스스로 만든 예명이고 후자는 주변의 文友들이 불러주는 예명이다. 둘 다 마음에 들어 번갈아 사용하는데 '아제베'는 문자로 표현할 때 사용하는 예명이고 '광주백작'은 남이 나를 불러줄 때 듣는 예명이다. 아제베라는 예명은 대학 시절에 만들었다. 1960년대 법철학도에서 독일 문학가로 변신한 전혜린의 삶을 알게 되면서, 독일의 생맥주와 안개에 젖은 슈바빙가의 우윳빛 추억을 갖게 되었다. 센티멘털한 지성인이었던 그녀의 삶에 동화되어, 나에게는 일종의 멘토가 되는 느낌으로 그녀의 일대기에 관심을 두었다. 나의 20대에는 웬일인지 따스한 마음보다도 차갑지만 知性이 돋보이는 사람들이 좋았다. 지금으로 말하면 차도남, 차도녀가 그럴싸하게 보였던 시절이었기에 그랬는지도 모르겠다. 지성을 강조했던 그녀였지만 결국은 그녀 또한 지성 이전에 따스한 마음을 지닌 사람을 찾고 있었다. 그녀가 삶을 마감하는 날까지도 이상형의 남성을 흠모하듯이 부르고 있었다. 그 이상형의 남성 애칭이 '쟝 아제베도'였는데, 모리악의 소설『테레즈 데케이루』에 나오는 정신적 사랑이었던 이상형의 남자이다. 나 또한 이상형의 남자가 되기 위한 마음으로 쟝 아제베도라는 예명을 사용하게 되었다, 그런데 아무래도 프랑스어로 되어있어서인지 발음이 자연스럽지가 못했다. 결국 생각해 낸 것이 앞뒤 자를 빼고 '아제베'라는 예명을 만들었다. 나 스스로는 마음에 드는 예명이라 곧장 사용하게 되었는데, 타인에게는 나의 예명이 당초의 본질과는 다르게 전해지는 느낌이었다. 어떤 단어와 연상되는 예명이 아니다 보니 설명하는 상황이 많아지는 진부함이 있었고, 예명이 자연스럽지 못하고 너무 거창한 뜻이라는 것이다. 그것은 평소 나 자신의 이미지와 다르다는 의미였던 것이다. 거기에다 친구들에게는 장난스럽게 '아, 제비'라고 불리는 난감함까지 생겼다. 물론 통속적인 플레이보이 의미가 아니라 단순히 비슷한 발음에서 연상되는 농담조였다. 비록 농담조로 불리기는 했지만, 나 자신이 여성들 앞에서 제법 유머러스한 재담을 늘어놓기도 하고, 술좌석에서의 남녀 화제가 오를 때마다 분위기를 위해 나름대로 특유의 맞장구를 쳐주다 보니 어느 순간부터는 자타가 인정하게 된 영락없는 '아, 제비'가 된 듯한 느낌이었다. 유머러스한 재담이나 특유의 맞장구는 독서 중에 기억된 야담을 인용하는 정도였는데 말이다.

수필가로 등단을 하고 나서는 아무래도 아제베라는 예명이 공식적인 공간에서 필명으로 사용하기에는 부적절한 것 같아 정식적인 필명을 만들려고 하였다. 그러나 필명이라는 건 신인작가의 티도 버리고 글의 내공을 기르고 글다운 글을 쓸 수가 있을 때나 만드는 것이지, 등단했다고 곧장 만드는 것은 시기상조임을 느꼈다.

아제베라는 예명을 만들 때 전혜린과 더불어 또 한 사람의 문인을 알게 되었다. 『명동 비 내리다』를 쓴 이봉구 작가였다. 신문기자이자 소설가였던 그는 1950년대 문인들의 대표적인 낭만파였다. 그는 문화예술인들의 명동 황금기를 회상하는 '명동'에 관한 글을 많이 썼고, 문화예술인들의 대표적인 선술집이었던 '은성'의 터줏대감으로 여러 문인 사이에서는 멋과 낭만을 지닌 신사로 불렸었다. 그런 이봉구를 문화예술인들은 '명동백작'으로 불리었는데 이 또한 멋진 애칭으로 여겨졌다. 명동백작을 흉내 내어 문우들과 사석에서 나 자신을 소개할 때 농담조로 광주에 사는 '광주백작'으로 대답을 하였다. 이런 대답이 몇 번 반복되고, 문우들 또한 광주백작으로 불러주다 보니 자연스럽게 나의 애칭이 되었다. 실제적인 명동백작이라는 의미와 광주백작의 의미는 천양지차가 있기에 공식적인 자리에서는 절대 사용하지 않는다. 고유명사가 된 듯한 명동백작의 멋진 뉘앙스를 흐리게 해서는 안 되는 줄 잘 알기 때문이다. 예명을 불러주는 사람들이 내 의사와는 관계없이 시간과 장소를 불문하고 광주백작으로 부를 때에 가끔은 계면쩍어질 때도 있다. 문학회 공식 행사에 참석하여 인사를 나눌 때, 사회자가 광주백작으로 소개를 할 경우이다. 순간적으로 쑥스러움이 느껴지면 백작은커녕 자작도 못되어 평민으로 강등되었다고 웃음으로 분위기를 바꾸기도 한다. 어찌 되었건 문우들 사이에서는 아제베보다는 광주백작으로 나를 부른다. 자의 반 타의 반 갖게 된 애칭이지만 백작이라는 품격에 도달하려는 계기가 된다는 것은 긍정적인 요소가 된다. 기대는 이루어진다는 피그말리온 효과가 아니더라도 삶의 기준이 된다는 것은 애칭이 갖게 되는 활력소이다.

아제베와 광주백작, 유명무실이 아닌 명실상부한 명불허전의 예명으로 살고 싶다. 그리고 언젠가는, 트렌치코트 깃을 세운 쟝 아제베도 백작의 모습으로 의연함 속의 잔잔한 미소를 지어보고 싶다.

달빛 속의 그 밀어

자정이 넘어 아내의 퇴근 시간이 다가온다. 베란다에서 승용차의 히터를 작동하기 위하여 원격 시동을 건다. 대중교통이 끊긴 아내를 마중하기 위한 준비이다. 고개 들어 밤하늘을 바라보니 희미한 별 빛 사이로 둥근 보름달이 고요히 떠있다.

간호사인 아내의 근무가 이브닝(오후 3시 30분~0시 30분)일 때에는 인수인계 및 탈의를 하고선 집에 도착하면 시계바늘은 언제나 새벽 1시를 훨씬 넘어간다. 어둠 속의 아파트에 들어 설 때면 하루의 피로가 전신으로 밀려온다. 오직 휴식의 보금자리만이 생각나는 시간이지만 가끔씩은 밤의 정취에 취할 때가 있다. 바로 오늘 밤처럼 달빛이 밝게 비칠 때이다.

주차장에서 아파트 단지로 돌아설 때, 아내의 어깨에 드리워지는 달빛 그림자는 참으로 운치가 있다. 어둠 속의 달빛 그림자가 은은한 분위기를 자아내기 때문이다. 바라보는 위치에 따라서는 아내의 귓불 밑으로 살짝 드리워지는 달빛 그림자는 귀걸이처럼 느껴 질 때도 있다. 평소 귀걸이를 하지 않은 아내의 장신구 치장을 보게 되는 색다름을 느낄 수도 있다.

달무리 지는 날의 분위기도 아름답다. 적막감 속으로 뿌연 우웃빛으로 산란된 밤하늘을 본다는 건 한 폭의 파스텔화를 보는 느낌이다. 또한 화선지에 은은히 번지는 수묵화를 떠오르게도 한다. 달무리가 지면 비가 온다는 속설 속으로 아내와 함께 빗속을 거닐고 있다는 상상도 기분을 좋게 한다.

밤안개가 자욱이 끼는 날은 마치 영화배우가 된 듯하다. '파리에서 마지막 탱고'의 두 주인공의 포옹 장면이 떠오르기 때문이다. 나 또한 아내와 밤안개 속에서 깊은 포옹을 하고 싶지만 저 멀리 졸고 있는 경비실 눈치를 보는 아내의 반응은 언제나 단호하다. 달빛에 젖어 이성적 감각이 흐느적거릴 때가 있다. 이럴 때는 결국 포장마차에 들어선다. 맥주를 한 잔 마시기 위해서다. 선천적으로 술을 마시지 못하는 아내는 술을 마시는 나의 모습만을 그저 바라볼 뿐이다. 바라보는 아내의 두 눈에도 달빛에 젖어 있다. 이런 모습을 보노라면 내 마음도 달빛에 젖어 한 잔의 맥주는 두 잔을 연거푸 유혹한다. 달빛에 취하고 맥주에 취하면 유년의 달빛 소나타가 귓전에 들리는 듯하다.

유년시절, 내 가슴 속에 담았던 달빛 느낌을 지금도 잊지 못한다. 당시에는 전기가 없었던 마을이었기에 한 밤중의 달빛은 그렇게 밝을 수가 없었다. 천막을 친 가설극장의 흑백영화를 감상하고 누나들의 손을 잡고 집으로 돌아오는 길에는 달빛만이 황톳길을 밝혀주었다. 내 기억으로는 항시 보름달이 떠 있었다. 이런 달빛 분위기는 어린 내 가슴 속에도 표현할 수 없는 벅찬 감동이었다. 표현 할 수 없는 분위기였기에 그토록 벅찼는지도 모른다. 그 벅찬 감동을 표현하지 못한 안타까움은 이효석의 메밀꽃 필 무렵을 읽으면서 해소되었다.

"길은 지금 긴 산허리에 걸려 있다. 밤중을 지난 무렵인지 죽은 듯이 고요한 속에서 짐승 같은 달의 숨소리가 손에 잡힐 듯이 들리며, 콩 포기와 옥수수 잎새가 한층 달에 푸르게 젖었다. 산허리는 온통 메밀밭이어서 피기 시작한 꽃이 소금을 뿌린 듯이 흐뭇한 달빛에 숨이 막힐 지경이다."

이 표현이야말로 어린 내 가슴에 숨이 막히도록 느꼈던 벅찬 감동의 표현이었던 것이다. 보름달이 뜨면 나는 회상에 잠기게 된다. 지금의 현실을 잠시 잊고자 동심의 세계로 여행을 떠나게 된다. 그러나 아내는 오히려 현실로 돌아오는 것 같다. 언제부터인가 보름달과 마주치게 되면 순간적으로 소원을 빌고 있다는 것을 알았다. 가톨릭에서 행하는 화살기도 같은 것이다. 그러면서 아내는 이렇게 이야기 한다.

"소원은 보름달과 처음 마주치는 찰나에 빌어야 한다. 그렇기에 평소에 여러 소원을 함축해 놓아야 한다."라고. 가족의 건강과 남편의 사업, 친정에 대한 그리움을 기원하는 소원이겠지만 구체적으로 무슨 소원을 비는 지 사뭇 궁금하다.

　오늘 밤 퇴근길에도 보름달을 보며 아내는 침묵의 소원을 비는 것 같다. 그 소원을 비는 달 빛 속으로 나도 한 마디를 속삭여 본다. '사랑하노라'는 달빛 속의 그 밀어를.

아내를 기다리며

　자정이 넘어선 시각, 옷매무새를 가다듬고 외출을 준비한다. 일상생활이 되어버린 이 시간이 삶의 무게와 희망을 헤아리게 하는 순간이 되고 있다. 결혼 후부터 줄곧 아내의 출·퇴근 마중을 하고 있다. 간호사로 근무 중인 아내가 아직 운전을 못하기 때문이다. 대학병원의 근무는 1일 3교대로 이루어진다. 아내가 근무하는 병원의 경우엔 day 근무(오전 7시 30분~오후 4시 30분), evening 근무(오후 3시 30분~밤 12시 30분), night 근무(밤 11시 30분~익일 오전 8시 30분)로 나누어져 있다. 아내는 직책에 따라 주로 주간 근무를 하지만 때로는 밤 시간 근무가 주어질 때도 있다. 따라서 이브닝 근무일 경우에는 자정이 지나서야 퇴근을 하게 된다. 이 시간에는 대중교통이 끊긴 시간이기에 택시로 귀가를 하거나 병동의 기숙사에서 잠을 자야한다. 그러나 가족과 떨어져 썰렁한 기숙사에서 혼자 잠을 자게 할 수가 없었다. 결국, day 근무일 때는 새벽에 출근 마중을, evening 근무일 때는 자정이 넘어 아내의 퇴근 마중을 하기로 하였다.

막상 출퇴근 마중을 해보니 몇 가지 유념해야할 사항이 생겼다. 첫째는 잠자는 습관을 상황에 따라 조절해야 한다. day 근무일 때는 새벽 6시 30분에 출근을 해야 하고, evening 근무일 경우에는 새벽 1시가 넘어 집에 도착하여 2시쯤에 잠이 들기에 잠이 많아서는 원활한 출퇴근 마중이 곤란해진다. 둘째는 아내의 한 달간 근무 시간표를 항시 염두에 두어야 한다. 그리고 음주운전을 방지하기 위해서는 아내의 이브닝 근무일에 술을 마시지 않아야 한다. 나는 비즈니스 건이 아니면 되도록 아내의 근무가 없는 날을 골라 술을 마신다. 아내가 직접 운전을 한다면 위 두 가지 사항에서 자유로울 수가 있다. 그러나 아내에게 운전면허를 취득하도록 권유해 본 적이 한 번도 없다. 유독 겁이 많은 아내가 운전하는 것이 위태롭게 느껴지기 때문이지만 전부는 아니다.

아내의 마중 시간이 나에게 있어서는 나태해지기 쉬운 일상 속에서 가족의 행복과 감사한 마음을 다질 수 있는 의미 있는 시간이 되기 때문이다. 아내를 기다리며 승용차의 실내등 불빛 아래서 갖게 되는 독서 시간이 즐겁다. 가끔은 독서를 멈추고 고즈넉이 적막한 밤하늘을 바라보기도 한다. 하늘과 바람과 별과 詩가 흐르는 밤하늘을 바라보며 사색에 젖기도 하는 데 하루를 되돌아보고 내일을 준비하는 차분한 이 시간을 나는 좋아한다.

내성적인 아내에게서도 사랑하는 마음을 확인하려는 느낌을 종종 받는다. 아내는 내가 출퇴근 마중을 하는 것으로 사랑의 마음을 느끼는 것 같다. 그리고 고마워한다. 야간 드라이브라도 하는 날에는 아내의 얼굴에서 즐거운 표정이 감지되고 행복을 느끼게 되는 이 시간을 나는 좋아한다.

자정이 넘어 퇴근하는 사람들에게는 집에 돌아갈 시간 외에는 하루의 피로를 잊을 만한 여가 시간을 가질 수 없다. 그래서인지 간호사들의 퇴근하는 모습은 일반 회사의 퇴근 모습처럼 활기가 느껴지지 않고 대체로 조용하고 무거운 모습으로 퇴근을 한다. 아내도 예외는 아니다. 출근하는 어깨의 모습과 퇴근하여 나올 때의 어깨의 모습이 다르다. 축 처진 어깨를 하고 걸어 나오는 모습을 볼 때마다 애처로운 생각이 든다. 이런 아내의 모습을 보면 전업주부로 은퇴시켜주지 못한 나의 경제활동에 정신적 의욕을 갖게 해준다. 매너리즘에 젖어 해이해진 정신을 가다듬을 수 있는 이 시간을 나는 좋아한다.

내 자신과 가족의 건강을 돌아볼 수 있어서 좋다. 응급실 앞에 위치한 주차장에서 아내를 기다리다 보면 응급환자 및 보호자를 매일 보게 된다. 더욱이 한밤중에 울리는 구급차의 비상등 및 사이렌은 언제나 가슴을 섬뜩하게 한다. 이런 섬뜩함 속에서 나는 환자나 보호자가 아닌 제3자의 입장에 있다는 사실이 그 무엇보다도 다행스럽고 감사하다. 자칫 지나치기 쉬운 가족의 건강을 확인할 수 있는 이 시간을 나는 좋아한다.

　아내의 마중을 위해 때로는 새벽에 쉽게 일어나지 못해 힘들어하고, 자정을 기다리다 피곤함에 지쳐 졸기도 한다. 하지만 나는 아내의 마중 시간을 가족의 행복으로 느끼기 위해 즐겁게 기다린다. 새벽에는 상쾌함을 느끼고, 한밤에는 감사한 마음을 느끼게 되는 아내의 마중시간을 나는 한없이 사랑한다. 그리고 행복하다.

남편을 팝니다.

컴퓨터의 폴더를 정리하다가 나도 모르게 깜짝 놀라는 파일을 발견했다. 파일명이 '남편을 팝니다.' 로 되어 있었기 때문이다. 잔뜩 긴장된 손으로 파일 내용을 클릭해보니 다음과 같은 내용이 저장되어 있었다.

남편을 팝니다!

사정상 급매합니다.

00년 0월 0일 00예식장에서 구입해 정품 등록을 했지만 명의 양도해 드리겠습니다.

아끼던 물건인데 유지비도 많이 들고 성격 장애가 와서 급매합니다.

상태를 설명하자면 구입 당시 A급 인줄 착각해서 구입했습니다.

마음이 바다인줄 알았는데 장애가 심해져서 사용 시 만족감이 떨어집니다.

음식물 소비는 동급의 두 배 입니다.

하지만 외관은 아직 쓸 만합니다.

사용 설명서는 필요 없습니다.

어차피 읽어봐도 별 도움이 안 됩니다.

A/S는 안 되고 변심에 의한 반품도 절대 안 됩니다.

덤으로 시어머니도 드립니다!

교육위원을 맡은 아내가 직장 내 교육 자료로 참조하기 위해서 저장해 놓은 파일이었던 모양이다. 놀랐던 가슴을 진정하며 잠시 한 여자의 남편으로써 나의 모습을 더듬어 보는 데 문득 직장 후배의 모습이 떠올랐다.

IMF구제금융이 시작되면서 내가 근무하던 회사도 화의신청을 하였다. 어쩔 수 없이 나는 일본 도쿄에 위치한 프로그램 개발 업체로 직장을 옮겼고 건축 기사인 후배는 한창 건설 경기가 일고 있던 두바이에 있는 한국인 회사로 직장을 옮겼다. IMF를 극복하고 벤처 열풍이 뜨거워질 무렵 나는 다시 광주로 돌아왔지만 후배는 두바이에서 능력을 인정받아 아직도 15년째 두바이에서 건축 팀장으로 근무를 하고 있다. 연봉도 한국에서의 받았던 것보다 오히려 두바이에서의 소득이 훨씬 높았기에 국외 근무를 계속하고 있다. 이제는 경제적 여유도 넉넉해서인지 아예 본사가 있는 서울 강남의 고급아파트로 이사를 하여 친구들에게 부러움을 받고 있다. 후배는 2년에 한 번씩 귀국을 하여 가족과 1~2개월 휴가를 보내는 생활을 반복하고 있는 데, 내가 서울 출장을 가는 날에는 어김없이 한 잔의 술을 나누고 온다.

어느 날, 출국한다는 이야기도 없었는데 후배와 연락이 잘 닿지 않았다. 시골에 내려갔나 하고 의아해했는데 어느 날 늦은 시각에 광주에 왔다는 연락이 왔다. 잠시 후 초췌한 차림으로 나타난 후배의 얼굴은 우울함이 가득했다. 그동안의 상황이 궁금해 안부를 묻자 후배는 대답대신 소주를 맥주 컵으로 따라 벌컥 마시더니 이내 응어리졌던 불만을 쏟아낸다.

"형, 사람이란 눈에서 멀어지면 마음마저 멀어진 것 같아요. 가족도요!"

"무슨 이야기야? 자네처럼 직장 생활도 안정되고 아이들도 탈 없이 잘 커가고 있는 데……."

후배는 잠시 고개를 떨어뜨리더니 술 한 잔에 긴 한숨을 내뱉더니 그 간의 이야기를 시작한다. 내용은 이랬다.

15년간 가족과 오래 떨어져 살다보니 2년에 한 번씩 휴가를 와도 가족의 모습이 낯설어 보인다는 것이다. 그래도 두 아이들과는 2~3일 함께 지내다보면 낯선 느낌이 사라지는 데 아내와는 살가운 마음이 없어지고 뭔가 이질감이 들기 시작한다는 것이다. 그날도 아내와 점심 준비를 하다말고 사소한 말다툼으로 집에서 나와 아파트 벤치 홀로 앉아 담배를 피우며 곰곰이 생각했더란다. 그동안 후배의 아내는 두 아이를 학교에 보내고 나면 저녁까지 먹고 하교를 하기 때문에 하루 종일 자유시간이었는데, 후배가 휴가를 오면 외출하는 데 눈치를 살펴야 하고 식사 준비도 해줘야 하는 것이 아내에게는 불편함으로 작용 했었나보다. 따라서 부부가 같이 있는 시간이 되면 아내의 표정이 그리 밝지 않고 출국하기를 바라는 눈치가 보인다는 것이다. 불현듯 자신은 그저 돈 버는 기계 같다는 느낌이 들자 피우던 담배를 급히 끄고 일어나 무작정 터미널로 갔다고 한다. 소지품은 휴대폰과 지갑이 전부였는데 휴대폰 전원을 끄고 군산행 시외버스를 탔다고 한다. 그로부터 그저 발길 닿는 대로 동가숙서가식으로 보름간을 홀로 떠돌다 이날 밤 늦게 나를 찾아온 것이다. 평소 평범하지만 잘 살고 있다고 생각했던 후배의 하소연을 듣는 순간, 어떤 말로 후배를 위로하고 어떤 말로 이 부부의 위기를 극복해줘야 할까하는 생각에 내 머리가 복잡해지기 시작했다. 뚜렷한 대안이 떠오르지 않아 나 또한 그저 연거푸 술만을 마실 뿐이었다.

결국 TV 드라마의 사랑과 전쟁 같은 교과서적인 대답만을 해주고 그날 밤 후배와 취기만을 담뿍 지닌 채 쓸쓸히 헤어졌다. 얼마 후 후배는 예정을 앞당겨 출국한다는 연락을 해왔고 나는 결국 후배에게 아무런 도움을 주지 못했다. 가끔씩 두바이에서 문자가 올 때마다 후배의 서러운 이야기를 떠올리며 안타까워했을 따름이었다. 나또한 5년 반에 걸쳐 두 번의 국외 근무 경험이 있고, 2년간은 가족과도 떨어져 살았던 경험이 있기에 난 후배의 하소연이 처음엔 이해가 되지 않았다. 근데 곰곰이 생각해 보니 나와 후배는 상황이 달랐다. 후배는 15년이란 긴 시간이지만 난 고작 2년이라는 시간이었고, 후배는 2년을 주기로 휴가를 왔지만 난 계절이 바뀌는 3개월을 주기로 휴가를 왔었다. 그렇기에 나와 후배는 절대 비교 및 상대 비교가 될 수 없었다. 후배의 말처럼 그들 부부는 눈에서 멀어지니 마음마저 멀어졌다고는 생각하지 않는다. 후배는 후배대로 아내는 아내대로 15년이란 세월에 자신들의 생활로 길들여진 것이다. 길들여진 자신들의 습관을 부부라고 하루아침에 바뀌어 지지는 않았을 것이다. 시차 극복을 위해서는 일정 시간이 필요하듯이 이들 부부에게도 좀 더 함께하는 시간이 필요하다. 가족이라는 정과 사랑의 마음으로 불편을 줄여나가는 노력을 위해 스스로 자기최면의 시간이 필요한 것이다. 후배 또한 휴가 기간에는 당연히 아내와 항상 함께 해야 한다는 생각을 줄여야하고, 부인 또한 후배와 함께 외출하는 시간을 조금씩 늘려가야 하는 노력이 필요할 것이다.

오늘 아내의 교육 자료를 읽어보다 우선적으로 후배가 떠올랐지만 내 자신 또한 아내의 남편으로써의 내 모습을 투영해 봐야한다. 아내와 난 현재까지 겉으로 드러난 문제는 없다. 서로 간 잘못되고 아쉬운 점이 있었더라도 이것 또한 평범한 부부의 일상이라고 여기며 물의 자정작용(自淨作用)처럼 각자가 자정(自淨)을 하며 지내왔다. 그러나 이건 어디까지나 나 혼자만의 판단이다. 그동안 아내에게 나에 대한 불만이라든가 내가 고쳐야할 생활 습성 등에 대해서 진솔하게 물어 본적이 없다. 이 세상에 슈퍼맨이나 슈퍼우먼은 없다는 자기합리화로 아내의 불만을 헤아려본 적이 없었는 데 오늘 한 번 들어봐야겠다. 근데 내 마음이 슬며시 불안해 지는 건 어인일일까?

그대 목소리

우리가 타인에게 부러워하는 것 중에는 자신의 노력과 의지로 바꿀 수 있는 것도 있지만 천성으로 타고난 것은 자신의 의지대로 바꿀 수 없는 것도 있다.

나의 경우는 천성적으로 타고난 것 중에 타인을 부러워하는 것이 무엇일까? 제3자가 나의 외모를 보고 언뜻 판단하기엔 작은 체구일 것 같지만, 내가 부러워하는 것은 키와 얼굴이 아니다. 내가 가장 부러워하는 것은 그윽한 음성이다.

첫 직장을 다닐 때 사장님과 친분이 있었던 MBC FM '2시의 데이트' DJ이었던 김기덕 씨가 가끔 우리 회사를 방문 하였다. 사장실 옆에 전산실이 있었기에 복도를 지나며 나누는 그의 음성을 종종 들을 수 있었는데, 복도의 에코까지 가미된 김기덕의 목소리는 정말 멋있었다. 안정적인 베이스 성량과 또박또박한 발음이 그렇게 부러울 수가 없었다.

사춘기 때야 나의 까만 얼굴과 작은 키에서 일종의 콤플렉스를 느끼지 않을 수 없었지만 사회 진출해서 살아보니 까만 얼굴과 작은 키는 아무 불편함도 없고 장애가 되지도 않는다. 근데 나의 목소리는 살아가는 데 약간의 애로사항이 있다. 내 목소리는 너무 크고 빠르기 때문이다.

난 어려서 만성중이염을 앓고 두 번에 걸쳐 수술을 했다. 수술 후 왼쪽 귀의 청력이 오른쪽 귀의 절반에 불과하다. 따라서 전화도 습관적으로 오른쪽 귀로만 받게 된다. 오른손잡이인 내가 오른손으로 수화기를 들고 왼손으로 메모를 해야 할 상황이 생기면 불편함이 느껴지고, 택시를 탔을 때 왼편에 앉은 운전기사가 말을 걸어오면 차량 소음까지 겹쳐 왼쪽 귀로는 잘 들리지 않아 대답하는 데 신경이 쓰인다. 한국과 운전대가 반대인 일본에서는 운전기사가 오른쪽에서 이야기하기에 그때는 편하게 이야기를 나눌 수 있다.

대신 목소리가 크기에 내 전화를 받는 상대방은 내 음성이 활기차서 좋다고는 한다. 그러나 이것도 상황에 따라서는 호불호가 극명하게 갈린다. 우리 회사 프로그램을 사용하는 협력업체에서 사용법에 관한 전화가 자주 걸려온다. 나로서는 의욕적으로 설명을 했다고 생각하는 데 훗날 만나서 이야기를 나누어 보면 큰 목소리가 오히려 화가 난 상태에서 설명을 하는 것 같다는 오해를 많이 한다. 그런데 그런 오해를 줄이기 위해 낮은 톤으로 조심조심 이야기를 하면 이번엔 '오늘 우울한 일이 생겼나요.'라며 또 의아해 한다.

요즘에는 아침 출근 시간 무렵에 방송되는 MBC 라디오의 '손에 잡히는 경제'를 진행하는 이진우 기자의 목소리가 부럽다. 이진우 기자는 어떤 대상을 설명을 하는데 알기 쉽게 설명도 잘한다. 알기 쉽게 들리는 이유 중에는 깨끗하고 고운 목소리 톤도 한 몫 하는 것 같다.

　이렇듯 목소리가 좋은 사람을 만나면 나는 그렇게 부러울 수가 없는 데, 설명까지 또박또박 잘하면 내용에 관계없이 멋진 음악을 듣는 듯이 기분이 상쾌해진다. 내 목소리를 녹음해서 들어보면 확실히 말이 빠르다. 빠르게 발음을 하다 보니 또박또박한 발음이 이어지질 않는다. 마치 '코카콜라' 발음을 할 때처럼 윗입술과 아랫입술이 맞닿지 않고 발음을 하기에 나타나는 현상 같다.

　이런 나에게도 내 목소리가 좋다는 반응을 보인 경우가 있었다. 학원에서 일본어를 배울 때이다. 일본어 발음은 받침이 없기에 나처럼 말이 빠르고 미성의 목소리가 일본어 발음에 어울리는 모양이다. 거기에다 학원처럼 방음이 취약하고 밀폐된 공간에서는 자연스럽게 에코가 생기기에 내 목소리가 그럴 듯하게 들리는 모양이다. 나중에 일본인에게 물어보니 발음은 어색하나 억양은 부드럽게 잘 넘어간다고 했다. 아마도 의성어에 가까운 아프리카 원주민의 언어를 배우게 되면 내 목소리는 더더욱 칭찬을 받을 것만 같다.

　그러나 그토록 멋지고 부드러운 음성을 가진 사람 중에는 이야기를 나눌수록 천혜의 목소리가 아깝다는 생각이 들 때가 있다. 바로 대화의 질이다.

　나는 개인적으로 아무리 상대방 목소리가 좋아도 달변가는 왠지 대화가 꺼려진다. 대체적으로 달변가와 이야기를 나누다보면 내가 끼어들 틈이 생기지 않을 정도로 일방적으로 대화가 진행되기 때문인데, 대화는 쌍방향으로 흐르는 게 좋다.

　내가 부러워하는 것은 분명히 음성이지만 후천적으로 바꿀 수 없는 것이기에 내가 할 수 있는 것은 결국 대화의 방법과 질을 위해 노력을 할 수 밖에 없다.

　가끔 내 아내도 나의 음성도 좋다고 할 때가 있다.

　'사랑해요' 라는 언어로 속삭일 때만.

내 가슴엔 비가 내리고

장마가 시작되나 보다. 온종일 쉼 없이 비가 내린다. 하던 일손을 잠시 멈추고 창가에 뿌려지는 빗방울을 바라보노라니 내 가슴에도 까닭 모를 우수(憂愁)의 비가 내린다. 한동안 가라앉은 분위기에 젖어 이런저런 공상의 나래를 펴다 조용히 오디오를 켠다. 이 같은 분위기에는 밝고 경쾌한 음악보다도 차라리 애잔한 노랫말이 있는 발라드의 음악을 듣는 게 좋다. 더 이상의 서글픔이 일지 않는 심연으로 마음을 내려놓고 나면 시나브로 기분 전환이 되기 때문이다.

칸초네 음악 중에 '죽도록 사랑해서'라는 음악이 있다. 20여 년 전 유럽에서 한 여교사가, 제자인 남자 고등학생을 사랑했던 스캔들이 있었다. 도덕성이 결여된 사랑이라고 큰 비난을 받았고, 결국 그 여교사는 유서를 남기고 자살로서 생을 마감했다. 그녀가 남긴 유서에 곡을 붙인 게 '죽도록 사랑해서'이다. 영화로도 나왔던 기억인데, 그 노랫말에 이런 구절이 있다.

"죽도록 사랑한다는 것은

용서와 자비를 애원하지 않고

고독에 맞서 홀로 사라지는 것이다."

애원하지 않고 그저 홀로 사라진다는 통한의 변(辯)은 우리를 안타깝게 했지만, 변명과 자기 합리화에 익숙해진 마음을 정화할 수 있기에 가사를 음미할수록 마음에 와 닿는다. 열정적인 사랑을 불사른 그녀를 생각하면 '죽도록 사랑해서'라는 곡이 흐르고 내 가슴에는 또 한 차례의 비가 내린다.

대학 시절의 어느 가을날, 캠퍼스 축제가 시작되었다. 축제라지만 나에게 있어서는 아무런 흥겨움을 만끽할 수 없었다. 아버지가 돌아가시면서 급격히 어려워진 가정형편에 친구들과 차 한 잔 마실 수 있는 그럴 상황이 아니었고, 원하는 대학을 가지 못했다는 자괴감 때문에 패배 의식을 지닌 채 대학 생활을 이어갔다. 대학생이 되면 당연한 특권처럼 여겼던 미팅 또한 애초부터 관심 밖일 정도였다. 축제 프로그램 중 오후 늦게부터 저녁까지 진행하는 그룹사운드 공연이 있었다. 당시에 유행했던 일렉트로닉 그룹사운드 열기는 대단하였다. 그룹사운드 자체는 젊음을 대변한 듯한 열정을 품고 있었기에 열광할 수밖에 없었다. 평소 음악을 좋아했던 나는, 그래도 그룹사운드 공연은 참석하기로 하고 땅거미가 지고 어둠 속으로 화려한 조명이 채색될 무렵 조용히 공연장으로 들어갔다. 강렬한 전자기타와 드럼 그리고 흥겨운 전자오르간의 리듬 속으로 서서히 마음이 열리고 내재된 청춘의 열정이 꿈틀대기 시작하였다.

중간에 초청 가수 공연이 있었다. 당시 대학가요제에서 '그대 생각'으로 금상을 받은 이정희가 출연하였다. 통기타를 직접 치면서 노래를 부르는 데, 난 노래보다도 가수의 모습에 흠뻑 빠지고 말았다. 여태껏 줄곧 지방에서만 생활한 나의 관념 속의 서울 여대생은, 하얀 피부의 얼굴과 가녀린 손, 단정하게 늘어뜨린 긴 머리 소녀의 모습으로 각인되어 있었다. 이정희는 은연중에 연상했던 그런 이미지와 너무도 흡사했던 것이다. 마음 한쪽에 감춰진 이성의 실체가 눈앞에 나타난 것이다. '그대생각'과 '바야야'까지 두 곡을 부르고 퇴장하는 그녀의 뒷모습의 잔상은 신기루가 사라진 허황함처럼 두 다리에 힘이 빠져가고 있었다. 그저 수돗물처럼 밋밋하게 흐르고 있는 대학 생활의 아쉬움은 이내 산울림의 '청춘'이 흐르고, 솔로라는 사춘기적 외로움이 밀려오고 내 가슴에는 진한 고독의 비가 내렸다.

고등학교를 마치던 해에 아버지를 여의었다. 졸업식을 마치고 시골에 내려가 아버지를 뵈었는데 평소와는 다르게 배가 많이 불러 있었다. 배뿐만이 얼굴빛도 새까맣고 푸석하여 있었다. 공사 현장에서 일을 하셨기에 평소 얼굴 피부가 검기는 했지만 유독 검다는 느낌을 받았다. 주위의 이야기로는 간에 이상이 있는 것 같으니 건강검진을 받아보라는 권유가 있었다. 작은아버지와 함께 아버지를 모시고 광주로 왔다. 진단 결과는 예상대로 간경화증세라는 것이었다. 당장 입원을 해야 할 상황이었지만 진행하던 건축 공사를 인계한 다음에야 입원이 가능할 것 같아 일단 시골로 내려가기로 작정하였다. 진단 결과에 궁금해 하시는 아버지께는 간에 피로가 쌓여 약을 복용하면 곧 좋아 질 거라는 희망적인 이야기만 하고 자세한 내용은 설명하지 않았다. 그리고선 버스터미널로 돌아와 시골 가는 차 안에서 드실 것을 물으니 곶감이 먹고 싶다는 말씀을 하셨다. 상점에서 곶감을 사 들고 개찰구로 돌아오는 데 저만큼 아버지의 뒷모습이 보인다. 아버지는 검고 초췌해진 얼굴과 축 처진 어깨를 늘어뜨리고 터미널 창밖을 하염없이 내다보고 계셨다. 검사 내용을 자세히 말씀드리지 않았지만 이미 아버지는 자신이 위중한 병이라는 것을 느꼈던 모양이다. 아버지는 가장이라는 세월의 무게에다 절망적인 무게까지 지니게 되었으니 그때 창밖을 내다보며 무슨 생각을 하셨을까. 지금도 그때 아버지의 절망에 젖은 뒷모습을 떠올리면 테오도라키스의 '기차는 8시에 떠나네' 라는 음악이 흐르고, 아버지의 건강을 지켜주지 못한 내 가슴엔 통한의 비가 내린다.

열정적이었지만 비극적인 사랑의 아픔이나 긴 머리 소녀에 마음을 빼앗겼던 청춘의 고독은 일순간의 음악과 함께 흘려보낼 수는 있다. 그러나 어느덧 아버지의 나이에 다가서는 내 자신이 이어온 세월의 무게는 쉽게 떨쳐버릴 수가 없다. 내 자신뿐만이 아니라 가족의 무게까지도 지탱할 힘을 비축해야 하는 의무감 내지는 책임감 때문이리라. 내 어깨에 내리는 비를 우산으로 가리듯이 내 가슴에 내리는 비도 우산으로 가려야 하는 데, 오늘도 나는 그저 우수(憂愁)에 젖은 비를 맞고만 있을 뿐이다.

아버지의 반면교사

　원색의 네온이 하나 둘 부조되는 어둑한 퇴근길에 땀에 전 작업복 차림의 그들과 마주친다. 편의점 뒤편 탁자에 앉아 소박한 안주에다 막걸리 한잔씩을 나누는 화기애애한 모습이 퇴근길의 발길을 흐뭇하게 한다. 우리 사무실 건물을 360도 돌아 건물을 한 채씩 짓는 데 수년이 다되어 가지만 아직도 공터가 하나 남았다.

　그 공터에 요즘 건물을 짓기 위한 터파기 공사가 한창이다. 중장비의 소음과 작업반장과 인부들의 작업지시 소리가 3층 사무실 안으로 여과 없이 전달된다. 일부러 창을 열어 놓았기 때문인데, 나에게는 이러한 익숙한 소리들이 소음이 아닌 그리움의 소리로 들려지기도 한다. 거래처로 부터 복잡한 수정 요청이나 민원성 불만의 전화를 받고 한동안 실랑이를 벌이다 보면 머리가 보통 복잡하지 않다. 가끔씩은 나도 복잡한 일에서 벗어나 그저 일용직 인부들처럼 단순 반복적인 일만 했으면 좋겠다는 부러운 생각이 들 때도 있다.

간식을 먹는 인부들을 보면 그 부러움은 더더욱 커진다. 그러다 인부들과 눈이 마주치게 되는 데, 그때 인부들 심정은 나처럼 사무실 책상에 앉아 일하는 것을 부러워하겠지 라는 생각을 한다. 동물과는 달리 인간에게는 단순 반복적으로 일을 하는 게 가장 큰 스트레스라고 한다. 노벨문학상을 수상한 솔제니친의 '이반 데니소비치의 하루'에서도 단순 노동자의 고통을 그렸듯이 인부들의 어려움은 나 또한 어느 정도는 알고 있다. 나에게도 비록 어린 시절의 경험이지만 단순 노동자의 경험이 있고, 공사장의 일상들이 기억되어 있기 때문이다.

아버지는 목공이자 건축 사업을 하셨던 오너였다. 당시 아버지가 맡은 시골의 공사장에는 전기톱, 전기 대패, 포클레인, 레미콘, 펌프카 등이 없었다. 수작업으로 일일이 나무를 자르고 대패질을 하였다. 콘크리트 타설 때는 널따란 철판 위에 모래와 시멘트를 먼저 삽으로 섞고 배합이 완료되면 가운데를 분지형으로 갈라 물을 붓고 자갈을 넣어 또다시 배합을 했다. 특히 슬라브 지붕의 콘크리트 타설 때에는 모래, 자갈을 등에 져서 이 층, 삼 층까지 오르락내리락했으니 그야말로 중노동이었다. 당시 아버지는 시골 동네의 조그만 집 공사는 직접 의뢰를 받아 일을 했지만, 사업자등록도 하지 않고 정식 자격증도 없는 기술자였기에 관급 공사는 입찰 자격이 되지 않았다. 따라서 중간 회사에서 재하청을 받아 일을 하는 형태였는데, 주로 우리 동네 친구 아버지에게서 일을 받았다.

당시 친구 아버지는 대학을 졸업한 시골의 유지였으며 시골의 모든 행사에 기관장 역할을 하였던 관계로 관급 공사가 있게 되면 중간 알선 역할을 도맡아 하였다.

아버지는 정식 회사 등록을 하지 않았던 때문이었는지 계약서 없이 공사를 진행 하였다. 따라서 공사대금 결재가 제때 이루어지지 않았다. 결국 아버지는 술에 취하면 친구 아버지 집으로 찾아가 반복적인 항의를 하고 돌아왔다. 가끔은 항의가 지나쳤는지, 항의를 목격한 친구는 다음 날 나에게, 우리 아버지가 자신의 아버지에게 행패를 부렸다는 이야기를 전했고 그런 날은 의기소침 속에 수업을 받기도 하였다.

공사가 시작되면 우리집은 인부들로 북적였다. 어머니와 누나들은 인부들 식사를 위해 분주했고 우리들도 휴일이나 방학이 되면 약간의 일손을 도우기 위해 공사장을 갔었다. 초등학생인 나와 두 여동생이 하는 일이라곤 아버지 심부름과 공사장 주변 정리였고, 작은 벽돌과 목재를 리어카에 실어 나르는 일이었다. 하지만 어린 우리들에겐 힘에 부치는 고역이었고 친구들과 마음껏 놀지 못하는 불만이 항시 표출되어 있었다. 그러나 공사가 시작되면 즐거운 일도 있었다. 바로 휴일에 비가 오는 날이었다. 비가 오면 기술자나 인부들은 집에서 쉰다. 그들은 지루함을 잊기 위해 집에서 화투를 치곤 하였다. 술을 기본으로 과자나 빵 내기를 많이 했었는데 우리는 곁에서 과자나 빵을 얻어먹는 재미에 흠뻑 빠졌었다. 특히 돼지고기

내기를 하면 좋았다. 당시 6~70년대에는 돼지고기 먹는 것이 참 힘들었는데, 돼지고기 내기를 해서 찌개요리를 할 때는 마치 명절이 된 듯한 느낌이었다.

공사장의 기술자나 특별 인부는 가끔 다른 지방에서 불러 오기도 하였다. 따라서 아버지는 항시 직영 기술자가 없는 불리함을 토로했다. 외부 기술자가 오면 당초 계약 금액을 이야기하고 공사에 투입이 되지만 공사가 길어지거나 예상치 못한 난공사가 발생하면 추가금 조정에 들어가는 데, 조정에 난항을 겪게 되면 공사를 중지하고 돌아가겠다는 기술자가 나왔다. 그럴 때 인부들에게 사정하는 아버지의 애처로운 모습들은 굴욕적인 모습으로 느껴져 어린 마음에 상처가 되기도 하였다. 아버지는 운영 능력이 서툴렀던지 가끔은 적자를 면치 못했던 것 같다. 그럴 때에는 시골 전답을 팔아 적자를 메꾸곤 하였는데, 어느 날 큰아버지께서 전답을 팔아 대금을 가지고 오셨다. 그러면서 이렇게 전답을 하나 둘 다 팔면 앞으로 어찌되느냐면서 심히 걱정스런 말씀을 아버지와 나누는 광경이 아직도 눈에 선하다.회사란 사장의 능력뿐만이 아니라 직원의 능력과 애사심이 무엇보다 중요하다는 건 다 아는 사실이다. 아버지는 정식 기술자를 직원으로 두지 않고 공사에 성격에 따라 기술자들을 그때그때 투입하였는데, 언젠가 부터 공사를 믿고 맡길 수 있는 직원 겸 후계자의 필요성을 느꼈던 것 같다.

그러던 어느 날 아버지의 후계자가 자연스럽게 만들어졌다. 아버지의 말씀에 의하면 벽돌 쌓는 기술을 배우고 있는 건장한 청년이 일을 하러 왔는데, 시멘트 두 포를 거뜬히 들고 다녀 눈에 띄었다고 했다. 당시에는 어른이면 시멘트 두 포정도면 기본으로 드는 줄 알았는데, 나중에 알고 보니 시멘트 두 포면 80Kg에 해당되는 무게였다. 이것을 두 손으로 거뜬히 들었다는 데 대단한 장사가 아닐 수 없다. 이렇게 아버지 눈에 띈 청년은 처음에는 벽돌을 쌓는 조적공이었지만, 이내 아버지에게 목공일과 건축 기술을 익혀서 명실공히 아버지의 후계자로써 자리매김을 하게 되었다.

근데 어느 때 부터인가 그 후계자는 출근 시간이 느려지고 일의 효율도 오르지 않는다는 이야기를 어머니께 하는 것을 들었다. 가르쳐놓으니 마음을 아프게 한다는 내용이었다. 지금 생각해보면 그 후계자가 다른 공사장에 가면 지금보다 더 월급을 받겠지만, 그러지 못해 일의 의욕이 없었던 것 같다. 충분히 이해를 하고 남음이 있다. 나 또한 회사를 운영하며 비슷한 경험과 고민을 반복하고 있으니 말이다. 당시의 아버지 나이가 되어가는 지금의 내 모습과 일상이, 그때의 아버지 모습과 일상을 똑 같이 밟고 있기에 아버지의 심정을 이제야 이해를 하게 된다. 또한 아버지의 회사 운영의 안타까움을 반면교사 삼아 시행착오를 줄이는 데 좋은 경험이 되고 있다. 퇴근길에 소박한 안주에 한 잔의 술을 걸치는 그들의 모습이 이제는 낭만으로만 보이는 건, 그들의 호탕한 웃음 속에 그리운 아버지의 모습이 투영되기 때문이리라.

내 고향 남쪽바다

가덕도의 해저터널을 지나 거제, 통영에 이르기까지 펼쳐지는 바다의 침묵을 만끽했다. 드라이브 중간에 차를 정차하고 탁 트인 바다를 바라보며 바다 내음을 마음껏 마시다보니 침묵 속에서도 콧노래가 흥얼거려졌다. 바다를 보면 기분이 여유로워진다. 수평선 너머를 침묵으로 바라보는 단조로움이 나에게는 여유로움으로 다가선다. 청춘 때는 일출을 좋아하고, 중년이 되면 석양을 좋아하고, 밤바다는 여성들이 좋아한다고 하는 데, 중년이 된 나 또한 이제는 석양이 좋고 더 나아가 망망한 바다가 좋다. 흔히들 바다를 이야기하면 남쪽 바다를 이야기하고, 윤이상과 통영의 앞바다를 이야기 하고, 이은상과 마산 앞바다를 떠올리며 가곡 가고파를 이야기 한다.

나는 여기에 섬 소년으로 유년을 보낸 내 고향의 바다를 빼놓을 수 없다. 우리나라 우주센터가 들어 선 전남 고흥군 나로도(羅老島)가 바로 그곳이다. 태어나서 중학교 1학년까지 유년의 시절을 보냈던 곳이다. 지금은 연육교가 세워져 자동차로 그 섬에 직접 들어 갈 수 있지만, 다리가 생기기 전에는 고흥반도 끝에서 30분 정도의 배를 타고 가야했다. 다도해 해상국립공원으로 지정되어 있는 이 섬엔 고등학교까지 다닐 수 있는 교육인프라를 갖췄고 마을버스로 이웃 동네를 다녀야 할 만큼 큰 섬이다. 마을 위치에 따라서는 파도 소리 들으며 잠이 들고, 창문을 열어젖히면 백사장이 보이고, 똑딱선이 한가로이 떠 있는 그런 낭만의 마을도 있기는 하다. 내가 살았던 마을은 여객선 부두에서 가까웠기에 섬이라는 고요함과 드넓은 바다의 맑은 갯내음은 느낄 수가 없다. 어업전진기지라는 개발에 밀려 섬 특유의 자연스러움이 많이 사라졌기 때문이다.

'가고파' 라는 가곡을 들으면 어릴 적 우리 집에 살았던 무선사 형제가 생각난다. 우리 집이 옆집으로 이사를 하면서 그동안 살던 집이 빈집으로 남게 되었는데, 어느 날 두 형제가 빈집에서 살게 되었다. 두 분은 모두 서해안의 동지나해에서 조업을 하는 중·대형 고깃배의 무선사들이었다. 출항을 하지 않을 때에는 자신들의 방에서 무전을 주고받았다. 손가락으로 모르스 신호기를 두드리고 말로 전할 때는 서로 간 '돈돈쓰쓰 돈돈쓰……' 라는 연습을 주로 하였는데 참으로 신기한 모습이었다. 한 때 한밤중에 무전을 치는 사람은 간첩이라는 교육을 받았기에 처음에는 무서움이 느껴져 쉽게 다가가지 못했었다.두 형제 중 동생 무선사는 당시 월남파병을 마치고 갓 돌아온 미남형에 남성미가 철철 넘치었다. 나에게 시레이션이라고 하는 캔으로 된 군인 배급 형 과자를 주기도 하였는데 초콜릿의 달콤함과 고소한 비스킷은 그 어떤 맛과도 비교할 수 없었다. 월남에서 가져온 휴대용 전축과 릴 테이프가 있는 녹음기는 우리에게 신기함을 가져다주었다. 내 목소리를 기계를 통하여 처음 들어보기도 했고 LP판으로 원맨쇼와 대중가요를 듣기도 하였다. 동생 무선사는 나에게 영웅이나 다름없었다.이런 동생 무전사가 어느 날부터인가 우리 집에서 보이질 않게 되었다.

얼마 후 형님 무선사는 옆 동네 처녀와 결혼을 하였지만 1년 뒤 출산 중에 아내가 사망하는 아픔을 겪었다. 이후 형님 무선사마저도 우리 동네를 떠나고 말았기에 두 형제의 소식은 완전히 끊기고 말았다. 당시에는 동생 무선사가 단순히 이사를 간 것으로만 알고 무척 서운해 하였지만 시간이 흐르고 성인이 된 후에야 동생 무선사의 소식을 어렴풋이 듣게 되었다.

동생 무선사가 서해안에서 조업 중에 어선과 함께 납북(拉北)되었다는 충격적인 소문을 듣게 되었다. 그 후 납북된 어부들의 일부는 석방되어 돌아 왔지만 동생 무선사는 선장, 기관장과 함께 돌아오지 못했다는 소문도 전해졌다. 북에 남은 동생 무선사를 생각하면 안타깝기 그지없었는데, 동생 무선사는 고향 생각이 날 때면 분명 '가고파'를 부르며 그리움에 잠겼을 것 만 같다. 동생 무선사와 함께 찍었던 빛바랜 흑백사진을 볼 때마다 통일된 그날에 다시금 만날 수 있기를 소망하고, 남북 이산가족 재회 모습이 TV에 방영될 때에는 혹시나 동생 무선사가 보이지 않을까 하는 막연한 기대감이 생기지만 얼굴 모습이나 지금은 기억하려나 싶다.

한때 어린 마음에서는 바다가 싫어 내 고향을 외면했다. 아버지가 돌아가신 이후, 가족 모두 고향을 떠나 왔고 오히려 아버지 고향이었던 녹동의 시골집에 어머니가 사시기에 내 고향에 갈 기회가 적었다. 하지만 나이가 들수록 푸른 물결이 넘실대는 갯내음 나는 바다가 그립다. 내가 제일 원하는 여행이 아내와 함께 망망대해를 항해하는 크루즈여행이다.

고향 바다를 찾는다는 건 인간의 회귀본능이겠지만, 한편으로는 현대사회에 복잡해진 생활습관 보다는 단순함으로 살자는 내 의식의 회귀일 수도 있다. 다양한 생각을 선택과 집중으로 다듬고 간결한 삶을 꿈꾸는 내 의지의 표현이 아닐까도 한다.

사연이 있는 노래 3題

'흔적' 최유나

내 지난 삶의 흔적을 반추해 보면, 20대는 너무도 궁핍하고 저주스러운 청춘의 흔적이었고, 30대는 어두웠던 지난 청춘을 만회하는 흔적이었고, 40대는 가족행복의 시금석을 위해 노력했다는 자조적인 흔적이다. 길 위에는 은행잎이 한 잎 두 잎 구르며 가을이 무르익어가던 늦은 오후, 병원에 있던 아내에게서 급박한 목소리의 전화를 받았다.

"놀라지 말고 들으세요. 큰누님께서……."

"왜 그래? 차분히 말해봐. 나 괜찮으니……."

"저어…… 큰누님 검사 결과가 나왔는데…… 암 이래요."

"…… 그래."

내 자신 너무 침착하게 전화를 받는다는 생각을 하면서 전화를 끊었다. 아직 실감하지 못한 나의 발길은 전산실 한쪽 구석진 의자에

다가가 다소곳이 앉았다. 그제야 가슴이 미어지더니 뜨거운 눈물이 두 볼에 하염없이 쏟아진다. 얼마간 그렇게 흐느끼다 결혼 전 큰누 님 댁에서 잠시 기거하던 시절, 큰누님의 평소 애창곡이었던 최유 나의 '흔적' 이라는 노래가 떠올랐다. 가사에서 느껴지는 運命的 암 시가 스러져가는 실루엣으로 투영되는 것을 느꼈다.

이제는 가도 되는 건가요. 어두워진 거리로 오늘만은 왠지 당신 앞에서 울고 싶지 않아요.어차피 내가 만든 과거 속에서 살아가야 하지만 절반 의 책임마저 당신은 모르겠지요.지나간 날을 추억이라며 당신이 미소 지을 때 기억해요 슬픈 여자 마음에 상처뿐인 흔적을.

중학시절 박인환의 詩 '목마와 숙녀' 를 나에게 처음 가르쳐 주었 고 고교시절 박종화의 장편소설 『금삼의 피』를 처음 읽게 하여 어 쩌면 문학의 맛을 큰누님을 통하여 은연중 느끼게 했는지도 모르겠 다. 음악에 대해 아마추어인 나에게 클래식을 배운다며 내가 소개 한 곡은 어김없이 여기저기 음악사를 돌아다니며 수집하는 모습이 너무 좋아 음악회가 있는 날에는 꼭 동행을 하기도 하였다. 특히 차 이코프스키 바이올린 협주곡 작품 35번의 제2악장을 좋아했다. 독 주 바이올린의 슬프고 아름다운 선율이 흐를 때, 그 흥분을 참지 못 하고 '나는 저 부분이 너무 좋아!' 라며 감상 매너도 잊은 채 행복해 하였다. 그 행복한 모습이 사라지기도 전, 44세의 일기를 겨우 이

틀 넘기고 가족의 오열 속에 아름다운 이승의 인연을 놓치고 말았다.

누님의 지난 흔적은 2남 5녀의 맏딸로 태어나 결혼 전에는 동생들 보살피느라 자신의 소질을 발휘하지 못했고, 결혼 후에는 여느 주부처럼 남편과 자식들 키우느라 가정생활에 묻혀 살았던 뒷바라지의 평생 흔적이었다. 희생적인 흔적은 중년 이후의 여유로운 삶으로 지우려 했겠지만 행복의 강을 지척에 두고 떠났으니 한스러운 흔적만을 남기고 떠났다는 느낌이다.

'성숙' 민해경

헤밍웨이의 소설 『킬리만자로의 눈』을 보면 아프리카에서 가장 높은 봉우리의 서쪽 정상 가까이에 말라빠지고 얼어붙은 한 마리 표범이 누워있다고 한다. 이렇듯 높은 곳에서 도대체 표범은 무엇을 찾았었는지 아무도 알 수 없었다고 한다. 그러면서 헤밍웨이는 이렇게 말하고 있다. "표범은 우리들이다. 이 병든 시대의 밀림 속에서 우리는, 버려진 썩은 고기만을 쉽게 찾아다니는 산기슭의 하이에나이기보다는 목표를 향해 올라가 얼어 죽은 그 한 마리 표범이었으면 한다." 나도 한때 킬리만자로의 표범이 되고자 하는 거창한(?) 목표를 갖고 1989년 현해탄의 상공을 날았다. 일본 체류 3년차에 후지산(富士山) 근방의 지역에서 일을 하게 되었다. 공기와 경치 좋다던 그곳에서 나는 그간의 과로가 겹쳐서인지 어지럼증에 정신을 잃고 병원으로 이송되었다. 어려서부터 앓아 온 중이염까지 재발하여 결국 수술을 하기에 이르렀다. 타국이었기에 보호자 없이 홀로 수술을 하게 되었고 생각보다 증상이 나빠 수술 후 한 달 동안 입원 치료를 받았다. 입원 기간에 한국의 추석과 내 생일을 병실에서 보내며 태어나서 처음으로 느끼는 혼자라는 사실이 외롭고 두렵다는 느낌을 받기도 하였다.

한 달여 만에 퇴원하여 다시금 후지산 근방으로 가방을 꾸려 홀로 병원을 나섰다. 후지산은 동경(東京)과 그리 멀지 않은 거리이나 한국으로 말하면 강원도 산골이나 다름없는 곳이다. 기차도 여러 번 갈아타야 하는 곳이다. 그저 쓸쓸한 마음으로 후지산으로 가던 중에 환승을 위해 어느 기차역에 내려 식당으로 들어갔다. 시골의 식당이라 열악한 시설에 비좁은 탁자에서 소설 '사평역'의 분위기에 젖어 식사를 하던 중 귀에 익은 한국 가요가 흘러나왔다. 식사를 멈추고 가만히 들어보니 민해경의 '성숙'이라는 노래였다.

당신을 알기 전에는 풀잎처럼 흔들리는 아주 조그만 여자였는데
당신을 알고 나서는 넓은 바다 드높은 산, 내가 어느새 변해버렸네
하지만 당신의 닫혀진 마음만은 아직도 읽을 수 없네
온밤 헤매는 야릇한 꿈일까 잡히지 않는 우리님
당신을 대할 때 마다 마른 잎이 부서지듯 내 작은 가슴 허공을 떠도네

눈물이 날 것만 같은 분위기에서 가사를 곰곰이 음미해 보았다. 마른 잎이 부서지듯 내 작은 가슴이 떠도는 허공은 어디일까를 생각했다. 그리고는 가족이 있는 우리나라로 돌아가고 싶다는 라는 생각이 간절했다. 헤밍웨이의『킬리만자로의 눈』의 강한 정신도 어느 정도 퇴색된 나는 다음 해 귀국을 하였고 결혼도 하였다. '성숙'이라는 노래는 언제나 나의 외롭던 타국 생활을 생각하게 해 준다. 그러면서 매너리즘에 빠져가는 나의 정신에 헤밍웨이의『킬리만자로의 눈』을 생각하게 한다.

'둠바둠바' 진시몬

리처드 테일러의『결혼하면 사랑일까』라는 책을 보면 배우자 서로에게 말하지 못하는 열정의 비밀이 있다고 한다. 그 열정의 비밀이란 가치관에 따라 해석하는 내용이 달라질 것이다.

나는 항시 아내에게 미안한 마음을 가지고 산다. IMF 이후 개인사업을 한답시고 시행착오를 많이 겪어 아내에게 미안하다는 말을 남발했기 때문이다. 그러다보니 밋밋한 수돗물을 보다도 못한 '미안' 이라는 단어는 아내에게 하지 말아야할 말 중의 하나가 되었다. 내 열정의 비밀은, 미안하다는 단어를 되찾는 것이고 그날을 위해 와신상담 노력할 따름이다. 언젠가 아내 앞에서 내 열정의 비밀을 눈물로 보일 뻔했다.

오래전 찜질방이 한창 유행일 때 가족과 찜질방 내에 있는 노래방을 갔다. 아내와 아이들과 즐겁게 노래를 부르던 중에 내 차례가 되었다. 가족 앞에서 빠르고 흥겨운 노래를 불러야겠다고 진시몬의 '둠바둠바'를 선택했다. 친구들과 몇 번 흥겹게 부른 적도 있었기에 자신 있게 부를 수가 있을 것 같았다. 막상 노래를 시작하고 보니 평소와는 다르게 가사 내용이 눈에 밟혔다. 친구들 앞에서 부를 때는 몰랐는데 아내 앞에서 부르다보니 경쾌한 리듬에 비해 가사가 너무 무겁고 우울했다. 가사 내용을 모르는 아이들은 흥겨운 반주에 맞춰서 손뼉을 치고 있었지만 모니터를 향한 아내의 옆모습을 보며 노래를 부르는 데 마음 한쪽으로 점점 감정이입이 이루어지는 느낌이 들었다. 결국, '알아~ 고생했지 나를 만나서'라는 부분에서 난 목소리가 잠기고 말았다. 순간 눈물이 왈칵 쏟아졌다. 다행히 조명이 어두웠고 찜질방 수건을 목에 두르고 있었기에 눈물을 감출 수 있었지만 어떻게 노래를 마쳤는지도 몰랐고 그저 다리에 힘이 빠져가는 것만을 느꼈다. 애써 태연히 웃으며 마이크를 아내에게 넘겼지만 내 생애 가장 슬픈 노래를 불렀던 순간이었다.

살다보면 힘이 들겠지 인생이란 다 그런 거니까
처음부터 다 가졌었다면 사는 의미는 없을지 몰라
젊은 날에 당신을 만나 목숨 바쳐 사랑을 했지
세월가고 텅 빈 가슴엔 왜 외로움들이 와 있는 걸까
알아, 고생했지 나를 만나서 너 힘겨웠지

우리 흘린 눈물 그 무엇보다도 소중했는데

둠바 둠바 둠바 외로워마라

둠바 둠바 둠바 처음 그때처럼

둠바 둠바 둠바 이제부터야

당신은 영원한 나의 사랑

언젠가는 둠바둠바를 흥겹고 자신 있게 부르는 날이 올 것이다.
그 날이 나의 '열정의 비밀'이 사라질 날이기도 하겠지.

꿈 이야기

대구에 있는 거래처 중에 이안감독의 영화 '색, 계'에 나온 남자 주인공 양조위를 닮은 사장이 있다. 머리를 백으로 넘기지는 않았지만 비슷한 머리 스타일에 깔끔한 모습을 보면 영락없이 양조위를 닮았기에 속으로 나는 멋쟁이 양조위 사장이라고 불렀다.

어느 날 전체 직원들과 회의를 하는 자리에 참석하게 되었다. 마침 그날 회의 시간에는 양조위 사장이 직원들에게 자신이 갖고 싶거나 장래 하고 싶은 이야기를 하나씩을 발표하라는 숙제를 내어주었던 모양이었다. 직원들에 앞서서 양조위 사장부터 자신의 소망을 이야기 했다. 자신은 소망하는 것을 수첩에 적어놓고 그 소망이 이루어지도록 나름 노력을 했다면서 학창 시절에는 파카 만년필이 갖고 싶어 당시 희망 목록의 1번을 차지했는데 그 소망을 이루었던 기쁨을 이야기 했고, 지금은 고급 오토바이인 할리데이비슨(HARLEY-DAVIDSON)을 타고 랠리에 참가하는 것이라고 했다. 다음으로는 직원들이 하나씩 자신의 소망을 발표를 하였는데, 발표하는 직원들의 얼굴에 금세 소망이 이루어진 듯한 행복감이 넘쳐흘렀다.

갑자기 양조위 사장은 나에게도 한 가지 소망을 이야기 하라고 했다. 당시 난 골프를 배우고 있었기에 세미프로 골퍼가 되고 싶다는 소망을 엉겁결에 대답을 했는데 세미프로는커녕 여태껏 보기플레이어도 되지 못하고 있다. 비록 지금까지 소망에 그치고 있지만 그 순간만큼은 직원들 못지않은 행복감으로 광주로 돌아오는 내내 하루가 즐거웠던 기억이다.

소망이라든가 꿈이라는 단어는 언제 들어도 기분이 좋다. 초등학교 시절, 시간표가 붙어있는 여백에는 "소년이여 야망을 가져라"라는 잠언을 쉽게 볼 수 있었다. 중학 시절에는 "Boys, be ambitious!"라는 원문까지도 함께 적혀 있었지만 나에게 단지 표어에 불과할 따름이었다.

난 중학교 3학년이 되어서야 진정으로 내 꿈을 생각해 보게 되었는 데 하길종 감독의 '바보들의 행진' 이라는 영화를 보고 난 후이다. 바보들의 행진이라는 영화는 70년대 초 통기타와 생맥주를 대변하는 대학생들의 캠퍼스 이야기였는데, 두 주인공의 대사에 '꿈'이라는 표현이 나온다. 남자 주인공인 병태가 여주인공인 영자에게 '영자의 꿈'을 묻는다. 여기에 대해 영자는 '평범하게 결혼해서 잘 사는 거.' 라는 대답에 병태는 잔디밭을 뒹굴며 배꼽을 잡고 자조적으로 웃는다.

그 모습을 본 영자는 고개를 갸우뚱하고 병태를 바라보는 데, 나 또한 그 장면에서 영자의 꿈은 당연히 여자로써 현모양처가 되는 게 꿈이라고 생각했다. 왜 병태가 자조적인 웃음을 보냈는지 당시에는 이해가 되지 않았다. 그러면서 나의 꿈은 무엇일까 생각해 보았는 데, 중학교 3학년 당시 고교 평준화가 된 연합고사를 잘 치루는 것이 그때의 큰 꿈이었다는 기억이다.

고등학생이 되고 사춘기 무렵에 난 내 꿈을 구체적으로 가지기 시작했다. 그림을 그리는 것이 좋긴 했지만 부모님이 기술자가 되는 것을 바랐기에 방송국 엔지니어가 되는 꿈을 가졌다. 그러다 기술 시간에 컴퓨터 기술자가 월급이 많다는 이야기를 듣고 전자과(電子科)를 가야겠다는 생각을 하였다. 당시에는 전산과(電算科)가 많지 않았기에 전자과나 전산과가 같은 과(科) 인줄 알았다. 당초 전자과에서 나중엔 전산과로 편입을 하여 결국 컴퓨터 프로그래머가 되었지만, 기술자라는 직업은 어디까지나 부모님의 바람과 돈을 잘 벌수 있을 같아 선택한 꿈이었다.

그러나 프로그래머도 내 적성에 맞는 직업이고 결코 후회는 하지 않지만 결과적으로 순진했던 고등학생 때의 꿈처럼 많은 돈을 버는 꿈은 아직 이루지 못했다. 그러다보니 프로그래머가 내 꿈의 종착역이 아닌 듯하다. 내 꿈의 종착역은 문학인이 되는 것이고 늦었지만 한 걸음 한 걸음 지금 그 길을 걷고 있다.

그렇다면 아내의 꿈은 뭘까. 언젠가 운전하다 말고 아내에게 꿈을 물어본 적이 있다. 순간적으로 나오는 아내의 대답은 다큐멘터리 내레이터가 되어보고 싶다고 했다. 난 아내의 꿈은 간호사를 은퇴하고 안정된 노후와 자식의 안녕을 바라는 '영자의 꿈' 처럼 평범하고 공식화된 답변일 줄 알았다. 그러나 아내는 뜻밖의 대답을 했고 내레이터가 되는 방법에 대해 나는 아는 바가 없었기에 더 이상 추가 질문을 하지 못했다. 그 이후로 구체적으로 아내의 꿈을 물어본 적이 없다. 물어본들 현실적으로 내가 할 수 있는 여유가 없었기에 자칫 현실과 이상의 괴리만을 느낄 것 같아서였다. 그러나 언젠가 아내의 꿈을 이루는 데 일조를 할 것이다.

꿈을 갖는 다는 것은 행복한 소망이다. 어려서 갖는 꿈과 성인이 되어 갖는 꿈의 종류는 다르겠지만 꿈을 갖는다는 설렘은 우리를 즐겁게 한다. 설렘의 자체는 존재의 이유가 되기 때문일 것이다. 문득 내년에 아흔이 되시는 어머니가 떠오른다. 그렇다. 지금 어머니의 꿈은 무엇일까?

5부

뒤 돌아 보는 여유

SNS 시대의 글쓰기

내 직업이 소프트웨어 프로그래머이다 보니 컴퓨터와 모니터를 온종일 끼고 산다. 퇴근 후 집에서도 습관적으로 모니터 앞에 앉아 있는 시간이 많다. 그러다보니 인터넷 웹사이트 접속이 자연스러워 웹상의 글을 자주 읽고 올리는 편이다. 요즘은 스마트폰에서도 글쓰기가 용이하기에 출장 중 버스에서나 한 잔을 차를 마시는 커피점에서도 글을 쓸 수가 있다. 야근을 많이 하는 직업이다 보니 작업이 끝나고 보면 밤이 깊어진다. 깊은 밤에는 이성보다는 감성이 앞서서인지 쉽게 감정이입이 이루어져 음악을 감상하며 글을 쓰고 싶다는 충동을 느낀다. 작품을 위한 글을 쓴다기보다도 일종의 일기를 쓰는 것과 같은 자기 고백적인 분위기의 글을 쓰는 것인데, 자신의 감정에 충실한 나머지 더러는 너무 비약적인 표현과 과장된 표현이 표출되기도 한다.

나는 SNS 상에서 글을 쓸 때는 크게 공적인 공간의 글과 사적인 공간의 글로 나누고 있다. 공적인 공간의 글이란 수필을 쓰는 것이며 사적인 공간의 글이란 자유게시판에 올리는 글과 같은 것이다. 수필을 쓸 때에는 나의 경험담을 토대로 보편적 가치를 지니는 객관적인 관점으로 글을 쓰지만 자유게시 글은 주관적인 관점에서 글을 쓰게 된다. 어떤 방식이든 쓰고 나면 아쉬움이 생긴다. 전자는 작품으로서 빈약함을 느끼게 되는 아쉬움이고 후자는 개인 감정이 너무 드러나는 아쉬움이 있다.

개인 블러그에 수필을 올렸을 때의 댓글과 자유게시 글을 올렸을 때의 댓글 또한 반응이 다르다. 수필에 붙는 댓글은 대체적으로 댓글 자 또한 객관적인 입장에 동화되어서인지 악평에 가까운 부정적인 댓글이 없는 편이지만, 자유게시 글의 댓글은 악평에 가까운 글들이 스스럼없이 올라오기도 한다.

지난 봄에 모바일 환경의 SNS인 카카오스토리가 발표되었다. 때마침 우리 회사에서도 용역을 의뢰받아 개발 중인 내용이 카카오스토리와 비슷한 형태의 프로그램이어서 여러 기능을 참조하기 위해 사진과 글을 수시로 올렸다. 주위에서 느껴지는 단상을 올리거나 책을 읽다 마음에 드는 문장을 올리는 등 포토에세이 형식을 빌려 주제에 맞는 사진과 글을 게시하기 시작했다. 원래 인적 네트워크가 많지 않아 처음엔 나 혼자만의 공간이었지만, SNS 특징인 간접적인 관계의 지인이 생기고 내 스토리에 하나 둘 댓글이 달리기 시작했다. 나중에는 나를 잘 아는 지인의 방문이 시작되었다. 평소 장난기 많고 농담이 많은 나의 분위기와 게시 글에서 느끼게 되는 나의 분위기가 달랐던 모양이다. 어느 날부터 농담 반 진담 반으로 나에 대한 지적 사항이 많아지는 것을 느꼈다. 나의 글은 남자답지 않게 예민하고 여성스러운 감정을 지녔다고 이야기 한다. 이런 분위기가 글을 쓰는 데 도움이 된다는 의견과 유치한 유행가 가사가 될 거라는 의견으로 양분 되었다. 평소 내 자신의 철학적인 이야기보다는 인용구가 많다는 지적도 해왔다. 글을 쓰는 사람들은 대체적으로 제3자를 위해 행복을 노래하지만 실상 자신들은 위선과 아집의 벽 속에 갇혀 글을 쓰는 것 같다는 아쉬움도 전해왔다. 수긍되는 이야기였다.

이 무렵 나는 1년 전부터 개인 수필집을 준비하고 있었다. 그 간에 써놓은 30여 편의 수필을 재정리 하고 30여 편의 수필을 새로이 쓰고 있었다. SNS에 올라오는 지적사항을 염두에 두며 한 편 두 편 써 나가기 시작했다. 그러던 중 '뿌리 깊은 나무' 발행인이었던 한창기 사장이 생전에 여러 매체에 올렸던 글을 모은 세 권의 책을 읽게 되었다. 만연체로 쓴 그의 문장 자체에서는 문학적인 아름다움은 느끼지 못했다. 그러나 주제가 뚜렷하였고 소재 하나를 검증하는 데도 자료 수집을 꼼꼼히 하여 지식 공유가 가능한 문장을 보여줬다. 거기에 비해 내 글은 너무 피상적인 지식으로만 표현된 깊이 없는 글이라는 것을 내 스스로 인식하게 되었다. 의기소침해진 나는 잠시 원고지에서 손을 뗐다.

그러던 중 이석원의 산문집 『보통의 존재』를 읽고 나서 또 한 번 신선한 충격을 받았다. 『보통의 존재』의 문장은 자연스럽고 평범하게 쓰였으면서도 思考의 깊이와 주제는 충분히 보편적 가치가 있는 글이었기 때문이었다. 그에 비해 나의 글은 지식의 열거에 지나지 않는다는 자책을 하게 되었다. 난 수필집 집필을 중단했다. 그리고 글쓰기에 대해서 전면 재검토를 하기에 이르렀다. 그로부터 수개월의 시간이 흘렀다. 글을 쓸 때에는 정보의 나열을 간결하게 함축하고 내 개성의 분위기를 자연스럽게 표현하는 것으로 방향을 잡고 다시금 집필을 시작하게 되었다.

　　글을 쓴다는 것은, 진실한 내용을 아름답게 쓰는 것이 궁극적인 목표이다. 그러나 결국 중요한 것은 작가든 독자든 인간 정신의 자유스러움이 존재해야 하는 것이다. 그 자유스러움이 개성인 것이다. 얼마 전 조정래 태백산맥 문학관을 다녀왔다. 문학관 입구에는 이렇게 쓰여 있었다. "문학은 인간의 인간다운 삶을 위하여 인간에게 기여해야 한다." 라고.

나의 장난기는 아무도 못 말려

나에게 있어 오후 3시는 그리움의 시간이며 집중력을 새롭게 하는 시간이다. 이 시간이 되면 피로감이 쌓이어서인지 집중력이 현저히 떨어져온다. 이럴 때는 하던 업무를 잠시 멈추고 가벼운 스트레칭을 하면서 유한의 여유를 즐겨본다. 가족에서부터 거래처에 이르기까지 그간의 못 다한 안부를 묻기도 하고, 누군가를 그리워 해보는 아련한 추억을 되새기기도 한다. 이때 마시게 되는 한 잔의 커피 맛은 그 어떤 맛과도 바꿀 수 없는 최고의 맛이다.

그래도 집중력이 생기지 않으면 나도 모르게 장난기가 서서히 발동하기 시작한다. 회사 직원들과 또는 거래처 직원에게 메신저로 농담을 하기도 하고 전화로 상대방을 놀려주기도 한다. 그렇게 웃다보면 체내에 엔도르핀이 솟아나서인지 일을 하는 데 지루함을 덜느끼고 정신을 다시 집중할 수 있어서 좋다.

나는 장난을 좋아하는 편이다. 그러다 보니 장난으로 인해 가끔은 남에게 피해를 줄 때도 있다. 지금까지 남에게 피해를 준 장난을 생각하면 두 친구가 떠오른다. 죽마고우 중 나의 장난과 이기심을 잘 받아 주던 친구가 있었다.

　대학 시절에 처음으로 테니스를 배울 때였다. 새벽에 함께 테니스를 치던 친구가 어느 날, 아무 연락도 없이 테니스 코트에 나오질 않았다. 무슨 일인가 싶어 오후에 그 친구의 자취방엘 갔더니 방문은 열려 있었지만 아무도 없었다. 아무도 없는 방에서 순간적으로 장난기가 발동하였다. 의자와 물품을 피라미드처럼 높이 쌓아놓고 거기에 주전자에 물을 담아 아슬아슬하게 올려놓았다. 그리고선 '네놈이 아침 운동 시간에 나오질 않아 열 받았다.'라는 농담성 쪽지를 주전자 주둥이에 꽂아 놓고 집으로 왔다. 그 장난을 까마득히 잊고 저녁을 먹은 후 산책 삼아 친구 집에 갔더니 친구는 웬일인지 초저녁부터 술을 마시고 잠이 들어 있는 것이었다. 그 친구는 다음 날부터 나에게 침묵으로 일관하기 시작했는데 친구의 그런 냉정함은 그때까지 내가 느껴보지 못했던 뜻밖의 모습이었다. 며칠 간 그 영문을 몰라 안타까워했었는데 또 다른 친구를 통해 그 이유를 전해 듣게 되었다.

　그날 친구는 다른 친구 집에서 자느라 새벽 운동을 못 나왔고, 내가 장난으로 쌓아놓은 피라미드 끝에 올려져 있던 주전자가 시간이 지나 방바닥으로 떨어지고 말았나보다. 떨어지면서 주전자에 들어 있던 물과 보리차 찌꺼기가 온 방을 적셨다고 한다. 집으로 돌아온 친구가 이 광경을 보고 화가 치밀었는데, 오히려 '열 받았다.' 라는 내가 써 놓은 쪽지에 '열 받았다.' 라는 메모가 있었기에 일부러 방 안을 어지럽혀 놓았다고 오해를 했던 것이다. 그래서 그날 친구는 초저녁부터 술을 마시고 나를 원망하였다는 것이었다. 그 이야기를 듣고 즉시 친구를 찾아가 오해라고 설명을 했지만 한동안 서먹서먹한 관계를 지속할 수밖에 없었다. 나중에 화해를 하기는 했지만 하마터면 소중한 우정을 잃을 뻔한 장난이었다.

또 한 친구는 고등학교 친구였는데 점심시간 때의 일이었다. 주위의 친구들과 둘러앉아 맛있게 점심을 먹고 있는데 친구가 갑자기 고개를 숙여 도시락을 뚫어지게 쳐다본다. 뭔가를 찾는 것 같더니 머리카락을 하나 집어 올렸다. 길이로 보아 하숙집 아주머니의 머리카락으로 짐작되어졌다. 친구는 머리카락 언저리 밥까지 쓰레기통에 버리고서는 아무 일 없다는 표정으로 다시 밥을 먹기 시작했다. 식사가 끝나고 친구가 교실 밖으로 나간 사이, 나는 또 장난기가 발동했다. '아주머니, 도시락에 머리카락이 들어 있었어요. 앞으로 머리를 잘 빗고 도시락을 싸 주세요.' 라는 쪽지를 친구의 빈 도시락에 넣었다. 그리고선 이 장난을 잊어 버렸다. 방과 후, 저녁을 먹고 무언가를 하고 있는데 밖에서 누군가 나를 부르는 소리가 들렸다. 대문을 열어보니 그 친구가 두 눈을 부릅뜬 채 나를 노려보고 있지 않는가. 순간적으로 도시락 쪽지 장난이 떠올랐다. 아차! 싶었지만 이미 일은 저질러진 상태였기에 나는 아무 말도 못하고 전전긍긍해 했다.

영문도 모르는 그 쪽지 때문에 하숙집 아주머니와 서로 얼굴을 붉혔던 친구는 나의 장난이었음을 확인한 후 흥분된 목소리로 한참동안 나를 몰아치기 시작했다. 나는 결국 미안하다는 말밖에 못하고 친구를 돌려보냈다. 그 후로 친구와는 서먹서먹해지기 시작했고 그런 상태에서 졸업과 함께 소식이 끊기고 말았다. 그로부터 25년이라는 세월이 흐른 어느 날, 출장지에서 한 통의 전화를 받았다. 잊고 지냈던 도시락 장난의 피해자인 그 친구였다. 순간적으로 내 머리 속에는 도시락 쪽지 사건이 떠올랐는데 그 친구도 곧바로 도시락 쪽지 이야기를 꺼내는 것이 아닌가. 나는 전화상으로 어색한 웃음을 흘리며 다시 한 번 그때는 미안했다고 사과를 하고선 '넌 참 기억도 좋다.' 라는 칭찬으로 대화를 바꾸고 말았다.

나의 장난기는 학창 시절보다는 많이 줄어들었지만 사회인이 되어서도 농담과 장난은 여전하다. 낯선 환경에서 어느 정도 얼굴이 익혀지면 분위기를 헤치거나 기본 에티켓에 어긋나지 않는 범위에서는 나도 모르게 장난을 치게 된다. 장난을 친다는 건, 서로에 대한 긴장감을 줄이고 사람과 사람사이의 윤활유 역할을 하지 않을까 라는 생각이 들어서이다. 그런데 이토록 좋아하는 장난이지만 상대에 따라서는 나의 머릿속에 개운치 않은 두 가지 생각을 지니게 될 때가 있다. '혹시, 상대방이 나를 가볍게 판단하지는 않았을까?' 하는 염려스러운 생각이 첫 번째이고, 이런 생각이 나의 피해의식인가 아니면 상대방이 지닌 마음의 여유도(餘裕度)가 작아서일까하는 생각이 두 번째이다. 나는 빈틈없고 실수 없이 사는 사람보다 약간의 실수와 장난기를 가진 사람이 좋다. 상대방이 이해할 수 있는 범위 내에서 서로 간 장난을 부릴 수 있고 받아넘길 줄 아는 여유 있는 사람이 좋다. 다만 상대방의 예민하고 취약한 부분을 건드리는 농담성 장난은 배제 해야 할 것이다. 살아가는 데 반드시 권위는 필요하다. 하지만 권위주의는 내려놓아야할 대상임에는 틀림이 없을 것 같다.

명절 증후군

주부에게 명절 연휴는 휴식이 아니라 정신적으로 고통을 겪는 기간인지도 모른다. 그들에겐 평소보다 과도한 가사노동은 물론 시댁 식구와 갈등으로 두통, 소화 장애, 불안, 우울 등 스트레스성 질환을 호소한다고 한다. 이런 증세를 일컬어 주부의 명절 증후군(症候群)이라 부르고 있다. 그런데 주부도 아닌 내게도 명절이 되면 이런 증후군이란 게 있다. 그것은 명절 때마다 받는 음식 스트레스이다.

이번 설에는 회사의 바쁜 일 때문에 성묘를 가지 못하고 집에서 가까운 처가에서 식사를 하였다. 지금쯤은 내 음식 취향을 잘 아실 만한 장모님이련만 사위를 대접한답시고 내가 싫어하는 생선과 함께 음식이 가득 차려졌다. 비위가 약하고 소식(小食) 체질인 나로서는 큰 스트레스가 아닐 수가 없었다.

남자로써 부끄러운 일이지만 나는 비위가 대단히 약한 편이다. 특히 생선 비린내를 아주 싫어한다. 버스나 승용차 또는 밀폐된 공간에서 누군가가 오징어나 쥐포를 먹고 있으면 후각의 역치가 일어나기 전까지는 머리가 지끈지끈 아플 정도로 스트레스를 받곤 한다.

그중에 삭혀서 먹게 되는 홍어는 내가 가장 싫어하는 생선이다. 흔히 예식장이나 상가(喪家)에 가서 축의, 부의가 끝나면 모처럼 만난 지인들과 식사를 하며 그간의 이야기를 나누게 된다. 그렇지만 홍어가 나오는 식당에서는 특별한 경우를 제외하고는 식사를 하지 않고 곧장 돌아와 버리는 경우가 많다. 홍어 비린내를 견딜 수가 없기 때문이다.

갓 결혼 후 얼마가 지나서 처가에 갔었을 때였다. 대문을 들어서는 순간 나의 표정이 갑자기 굳어져버리고 머리가 지끈지끈해지기 시작했다. 갓 결혼한 신랑이기에 장모님께서는 씨암탉보다 남도의 최고 요리를 준비 한답시고 특산물인 홍어 요리를 하였던 것이다. 그 음식을 먹어야하는 나로서는 고문에 가까운 식사가 되었다. 그 뒤 아내를 통해 나의 식성을 알려주고부터는 처가에 가는 날에 홍어가 없어지긴 했지만, 처가에 미안함을 떨쳐 버릴 수가 없었다.

차례 상 또는 제사상의 음복(飲福)이라는 의식도 나를 무척이나 힘들게 한다. 차례 상에 생선이 오르다보니 모든 음식에 비린내가 배어 있어서이다. 그래서 음복을 할 때는 껍질을 벗겨 먹을 수 있는 귤이나 유자 같은 과일을 아이들이 차지하기 전에 얼른 집어 들고 음복을 마친다. 시골에 갈 때면 내가 먹을 수 있는 음식이 별로 없기에 항상 라면을 준비한다. 어머니께서도 음식물 보관에 크게 신경을 쓰지 않아 생선과 일반 음식을 함께 보관도 하고 같은 접시에 함께 차리기 때문이다. 비린내 없는 음식을 찾다보면 결국 라면과 김치밖에 없는 것이다. 그렇다고 생선이나 오징어, 쥐포를 전혀 못 먹는 것은 아니다.

'사시미'라 불리는 생선회는 잘 먹는다. 한마디로 '사시미 킬러'라 부를 정도로 좋아한다. 호프집에서 맥주를 마실 때에는 오징어와 쥐포도 잘 먹는다. 대단한 이율배반이라고나 할까. 그것은 나도 모르는 일종의 수수께끼 같은 습성이다.

나는 남자든 여자든 어떤 음식이라도 가리지 않고 잘 먹는 사람을 부러워한다. 어른께 칭찬 받을 수 있는 것 중의 하나가 음식을 가리지 않고 福스럽게 잘 먹는 것이라 생각한다. 나의 음식 스트레스는 일차원적으로 내 자신에서 기인하기에 이를 극복하기 위해 나름대로 노력은 하고 있지만 쉽게 고쳐지질 않는다. 내가 싫어하는 생선인줄 알지만, 그래도 생선과 함께 많이 먹으라는 분들의 사랑 가득하고 넉넉한 마음씨만큼은 결코 잊을 수 없다.

나비처럼 날아서 벌처럼 쏜다

요즘 심야 케이블 TV에서 방영하는 추억의 권투를 즐겨 시청하고 있다. 매일 밤 조지 포먼, 조 프레이져, 무하마드 알리, 슈거레이 레너드, 로베르토 두란, 토머스 헌즈, 마빈 해글러등 주로 1970년대 링의 명승부를 재방송하고 있기 때문이다. 이 중에서 가장 인상 깊게 보이는 건 역시 헤비급 챔피언이었던 무하마드 알리의 시합이다.

알리는 1960년 캐시어스 클레이란 본명으로 제17회 로마올림픽 대회 라이트헤비급에서 금메달 을 딴 후, 프로에 데뷔하여 1964년 헤비급 챔피언에 올랐었다. 이때부터 자신은 이슬람교도임을 전 세계에 공포하며 무하마드 알리(Muhammad Ali)로 개명을 하였으며 1981년 은퇴까지 세 차례의 헤비급 세계챔피언을 지내며 통산전적 61전 56승(37KO) 5패를 기록한 복서였다.

알리의 전성기 때의 권투경기를 보면 헤비급이란 게 무색할 정도로 푸트웍이 경쾌하다. 아웃복싱 스타일이었던 알리는 백스텝으로 사각의 링을 돌다 기회를 포착하면 전광석화처럼 강펀치를 날려 상대를 무너뜨린다. 이런 알리의 복싱 스타일에 매료된 전 세계의 복싱팬들은 그의 시합을 보면서 무척이나 열광을 하였다.

나는 알리의 전성기 시절에는 그를 좋아하지는 않았다. 떠벌이 알리로 지칭했던 그의 이미지에서 자신감은 넘쳤으나 겸손함이 느껴지지 않았고 승부사의 긴장감이 느껴지지 않아서였다. 다만 '나비처럼 날아서 벌처럼 쏜다.'라는 알리의 명언에는 상당한 매력을 느꼈었다.

학창 시절 나는 왜소한 체구에 콤플렉스를 지녔었다. 유순하게만 나를 바라보는 시선에 대해서도 불만을 갖고 있었다. 고등학교에 진학하고서 나는 그런 시선을 거두고자 격투기를 배울 계획을 세웠다. 복싱을 배우고 싶었지만 힘이 부족할 것 같아 복싱 도장에는 아예 가지도 못했다. 태권도를 배우자니 초등학교 때 했던 적이 있어 이 또한 별로 흥미를 끌지는 못했다. 그러던 중에 신입생 환영회에서 유도선수였던 선배가 유도부 홍보를 하기 시작했다.

"유도는 힘으로만 하는 운동이 아니다. 유도의 유(柔)자는 부드러울 柔자로서 순발력과 강한 정신력만 있으면 누구나 할 수 있는 운동이다."라고 강한 어조로 홍보를 하였다. 유도가 "부드러울 柔"라는 선배의 설명에 매료되어 나는 유도부에 들어가기로 마음을 굳혔다. 내가 물리적인 힘은 약하지만 부드러움과 순발력 그리고 정신력만큼은 누구에게도 뒤지지 않을 자신감이 있었던 것이다. 여기엔 나비처럼 날아 벌처럼 쏘겠다는 의지 또한 크게 작용을 했었다.

정식 유도부원이 된 나는 학교 수업이 끝나고 유도실에서 매일 2시간여를 매트위에서 땀을 흘렸다. 부드러운 테크닉과 순발력을 기르면 힘을 제압할 수 있다는 신념에서였다. 그러나 1년을 넘기지 못하고 도중하차 하고 말았다. 체급 경기인 유도부내에서 60Kg 미만인 사람은 나 혼자 밖에 없었다. 고등학생이지만 거의가 70Kg에 육박하거나 넘어선 체구들이었다. 따라서 시합을 하면 상위 체급과 겨루어야 했는데 물리적인 힘 앞에서 나는 거구의 상대가 되질 못했다.

유도를 시작한지 1년이 다 될 무렵 승단 심사가 있었다. 5명과 겨뤄 3승을 해야만 검은 띠의 유도 초단이 되는 시합에서 나는 상위 체급과 겨뤄 초반부터 2연패를 하고나서 기권을 하고 말았다. 그리고 나서는 유도에 급격히 흥미가 떨어지고 설상가상 연습 중에 무릎 연골을 다치는 부상을 당해 매트를 떠나고 말았다. 나비처럼 날아 벌처럼 쏘겠다는 초창기 의지는 이렇게 무너지고 말았다.

사회생활을 시작하면서부터 알리의 명언을 다시금 생각하게 되었다. 대인 관계를 원만히 하기위해서는 겸손과 양보의 미덕을 지녀야겠다는 생각에 나비처럼 부드러운 사람이 되고자 노력을 했다. 그러나 겸손과 양보의 본질을 호도하는 무리들에게는 반드시 벌처럼 일침을 가해야할 필요성도 느꼈다.

회사를 경영하다보니 알리의 명언은 더더욱 부피감 있게 다가선다. 비즈니스에도 우선은 유화적인 분위기가 형성되어야 한다. 그리고는 어느 시점에서 순간적인 순발력을 보여줘야 할 때가 있다. 미소만으로는 상대를 설득할 수가 없다. 신뢰를 보여줘야 한다. 강한 자신감을 보여줘야 한다. 부드럽게 진행을 하다가도 어느 결정의 순간이 다가오면 강한 흡인력으로 계약을 이뤄내야 한다는 것이다. 마치 나비처럼 날아 벌처럼 쏘듯이.

　무하마드 알리가 현역을 은퇴한 지 30년이 다되어간다. 한 때는 떠벌이 알리로만 기억되었던 그였지만 그가 남긴 명언은 지금 생각해도 참으로 멋있는 표현이 아닐 수 없다.

섬진강 휴게소에 어리는 얼굴들

차창 밖 어둠 속으로 섬진강의 고요가 느껴진다. 이윽고 고속버스는 섬진강 휴게소에서 잠시 휴식을 취한다. 섬진강 휴게소에 내리면 나는 언제나 네 사람의 얼굴을 떠올린다. 두 사람은 곶감을 팔던 아주머니 얼굴이고, 두 사람은 그리워도 만날 수 없는 아버지와 조카의 얼굴이다.

지난 추운 겨울이었다. 그날도 출장길에 심야버스를 타고 부산에서 광주로 돌아오던 길이었다. 새벽 한 시가 넘은 무렵, 섬진강 휴게소에 잠시 내린 나는 화장실 입구에서 곶감을 팔고 있던 두 아주머니를 보았다. 겨울밤의 추위를 견디고자 목도리로 얼굴을 온통 감싸고 두 눈만 내 놓은 채 곶감을 파는 모습이었다. 밤이 깊은 시각이기에 휴게소도 편의점을 제외한 간식을 판매하고 있지 않았다. 추위에 떨며 곶감을 파는 아주머니가 너무 안쓰러워 곶감을 살까하다 그만 두고 말았다. 두 분 중 한 아주머니에게만 산다는 게 어려운 선택이었던 것이다. 그러나 추위에 떨고 있었던 두 아주머니의 모습이 눈에 아른거려 도저히 그대로 떠날 수가 없었다. 두 아주머니에게 각각 곶감을 사기위해 자리에서 일어서려는 데 그만 버스가 출발을 하여 결국은 그대로 광주로 돌아오고 말았다.

곶감을 볼 때마다 나는 스무 살이 되던 해에 세상을 떠난 아버지를 생각한다. 건축 공사를 하시던 아버지께서는 내 기억으로는 휴일이 없이 거의 일만을 하시고 살았다. 아마도 7남매를 모두 키울 때까지 그렇게 일을 하지 않으면 안 되는 상황이었던 것이다.

건축 공사의 특성상 육체노동을 많이 하기에 그토록 건강하다고 여겼던 아버지께서 광주의 C대학병원에서 검진 결과 간경화증으로 판명이 났다. 자신의 병명도 모른 채 터미널에 앉아 계시는 아버지께 버스에서 드실 간식을 물었더니 곶감을 사달라고 하셨다. 평소, 식사와 약주 외에 간식을 전혀 드시지 않은 아버지였기에 의외의 주문이라고 생각했었다.

아버지가 시골로 내려가시고 불안한 상상만을 하고 있는 데 집주인 아주머니께서 대뜸 이렇게 말씀하셨다. "사람이 죽게 되었을 때 마지막으로 찾는 음식 중의 하나가 곶감이다."라고. 아버지는 그로부터 수개월의 투병 생활 끝에 결국 세상을 떠나고 말았다.

2남 5녀 중에서 형님은 1남 2녀를 두고 있었다. 형님의 외아들이었던 조카는 대학교를 졸업하고 순천에서 관세사(關稅士) 시험을 준비하고 있었다. 대학을 졸업하던 해에 처음 응시를 하여 낙방의 고배를 마셨다. 그러나 관세사에 대한 미련을 버리지 못해 졸업 후에도 다른 취직 시험은 준비하지 않고 와신상담 관세사 시험 준비에만 몰두를 하였다. 시력이 좋질 않아 병역면제까지 받았던 터라 시간상으로는 여유가 있었다고 생각해서 나 또한 조카의 취직에 대해서 크게 조바심을 갖지 않았었다.

일 년여의 준비 끝에 두 번째 관세사 시험을 치렀다. 나는 그 간의 조카의 노고도 치하하고, 마침 군대를 제대하고 복학 준비를 하던 누나 댁의 조카와 함께 조카 둘을 광주로 불렀다. 이제 조카들도 각각 24세와 25세의 청년이 되었기에 술을 한잔씩 마시며 세상 이야기를 나누어보고 싶은 마음에서였다. 작은아버지로서, 외삼촌으로서 두 조카를 데리고 처음으로 칵테일 바에 갔었다. 여성 바텐더가 있는 곳이었기에 두 조카는 잠시 쑥스러워하는 것 같았다. 두 조카 모두 아직은 술을 못 마시는 체질이었기에 칵테일 몇 잔이 들어가자 금세 얼굴이 붉어지고 긴장이 풀어지는 것을 느꼈다.

두 조카와 술을 마시며 나는 속으로 대견스러웠고 집안을 이끌어갈 수 있는 믿음성을 느끼기도 하였다. 조카는 시험 발표가 한 달 후에 있기에 그동안은 섬진강 휴게소에서 아르바이트를 할 예정이라고 했다. 그간 시험 준비하느라 제대로 어울리지도 못한 친구도 만나고 책도 읽으며 휴식을 취하라고 말하고 싶었다. 하지만, 형님 네의 어려운 생활상을 떠올려보고는 세상물정도 체득할 겸 그렇게 하라고 이야기를 맺었다.

그리고 일주일 정도 지나 순천의 형수님께서 이른 아침에 전화가 걸려왔다. 아르바이트를 하던 조카가 잠시 형님 집에 왔는데 안면 근육이 실룩거리는 등 이상한 모습이라고 했다. 평소 건강하던 조카의 모습을 떠올리며 인근 병원에 가서 진찰을 받아보라 하고 대수롭지 않게 나는 평소처럼 회사에 출근을 하였다. 조카는 인근 병원에서 1차 검사를 받았지만 병명은 모른 채 큰 병원을 가보라는 의사의 권유로 오후에 광주로 왔다. 아내가 근무하는 대학병원에서 정밀 검사를 받고 있는 중에 아내에게서 전화가 걸려왔다. 현재 검사 중이지만 아무래도 불안한 느낌이 든다는 것이었다.

오후 근무를 대충 마치고 병원으로 갔다. 병원 문을 들어설 때 제 발로 걸어 들어 왔다던 조카가 그 사이 사람을 알아보지 못한 채 점점 의식을 잃어가고 있었다. 결국, 그날 밤 혼수상태가 되어 중환자실로 옮겨지고 뇌염 증세라는 판정을 받았다. 이미 세균이 뇌 속으로 퍼진 것이다. 2주 정도를 산소 호흡기에 의지하여 중환자실에서 보내 던 조카는 결국 뇌사에 빠져 약관 25세의 나이에 세상을 등지고 말았다. 형님으로서는 하나밖에 없는 외아들을 잃은 것이다.

섬진강 휴게소에 내릴 때 언제나 밤하늘을 쳐다본다. 그리고 아버지와 조카를 생각한다. 나는 아버지 살아생전 휴일 없이 일만 하는 당신의 모습이 너무도 싫었다. 그 싫어했던 모습을 지금은 휴일도 없이 내가 반복하고 있다.

조카 또한 학교 졸업 후 1년을 오직 공부에 매달려 가족과 친구와 어울리지도 못한 채 저 세상으로 떠났다.

사람이 모든 것을 이룬 후 맞이할 수 있는 일이 과연 얼마나 되겠는가. 그 시간까지 얼마가 걸릴지도 모르는 일이다. 이룬다 하더라도 바쁘다는 상황 때문에 흘려버린 人情들을 어떻게 설득할 것인가.

나는 오늘도 아버지와 조카를 그리워하면서 나의 일상을 다시금 되돌아본다. 휴일은 휴일답게 보내야겠다는 생각이다. 가정과 아이들의 동심은 지금도 흘러가고 있으니.

문학과 비즈니스 사이에서

    회사를 창업하고 수필가로 등단을 마친 후 어느 지인에게서 받은 이메일에 다음과 같은 축하의 글이 적혀 있었다.

    "글 쓰는 사장님, 참으로 멋지십니다."

    당시에는 축하의 인사말로만 여겼던 그 한 마디를 요즘 들어 곰곰이 생각해 보노라면 긴장된 얼굴이 화끈거려지는 것을 느낀다. 경영에 바쁘다는 핑계로 글 쓰는 사장이 아닌 비즈니스만 하는 사장이 되어있기 때문이다.

    지난 일 년간 수필 한 편 쓰지 못하고 살았으니 "내 자신이 과연 작가로서의 자질이 있는 것인가?"라는 의문마저 든다. 왜 내가 글을 쓰지 못하고 있으며 나에게 있어 문학이란 과연 무엇이었던가. 주변에서 왜 사느냐는 질문을 가끔 받을 때가 있다. 그럴 때면 나는 주저 없이 '文化와 藝術을 만끽하기 위해서'라고 대답을 한다. 그만큼 내 삶에서 큰 비중을 차지하고 있는 영역이다. 그중에서도 문학이란 참으로 아름답고 값진 멋을 지닌 예술이라고 생각하고 있다. 한 때는 내 청춘의 궁핍함을 덜어버릴 수 있었던 원동력이 되었었고, 어렵고 힘든 여정에서 바른 길잡이가 되어 주기도 하였다.

시간이 흐르면서 문학이라는 문화 속에 나 자신의 운명이 드러나기 시작했다. 자기연민적인 허무 속에서 나 자신만이 나의 길을 재촉할 수 있다는 화두를 얻게 된 것이다. 결국, 내 자신과 허심탄회한 대화를 나눌 수 있는 대상이 바로 글을 쓰는 것이었다. 그러나 회사를 창업을 하고부터 글쓰기에 게으름이 나타나기 시작했다. 문명의 불빛 사이에서 희미해져가는 별빛처럼 나의 문학에 대한 열정 또한 비즈니스의 긴박함 속에서 희미해져 가고 있었다. 서점을 가도 문학서보다는 실용서를 먼저 들추게 되고, 문학회 모임보다도 운동회 모임에 더 관심을 갖는 것을 보면 문학에 대한 열정은 예전보다는 분명 식어져 있음이 확실하다.

창업 초기에는 작은 회사이기에 기술과 영업과 관리를 동시에 해야 하는 1인 3역을 하기 위해 휴일에도 항시 일속에 묻혀 살아야만 했다. 다작은 못하더라도 매월 한 편 정도의 수필은 써야겠다는 다짐도 샐러리맨 시절 대충 짐작만 했던 회사의 운영이, 오너의 위치에서 새로이 알게 되는 상황들이 결코 글을 쓸 수 있도록 마음을 열어주지 않았다. 이런 상황에서 감성을 다스려 文香을 피워 글을 쓰기란 내게 여간 어려운 일이 아니었다.

결국 회사가 안정되고 마음의 여유가 생길 때까지 잠시 문학을 멀리하기로 잠정적으로 절필을 선언했던 것이다. 그렇게 한동안 비즈 니스에 몰두하던 중 어느 문학평론가의 칼럼 중에 "글을 쓰지 않는 작가는 작가가 아니다."라는 문구를 보았다. 그리고는 글쓰기 게으름에 대한 반성과 질책을 하기 시작했다. 주변의 모든 상황을 완벽히 정리해 놓고 다시 글을 쓸 수 있는 그날을 기다리다가는 오래도록 글을 쓰지 못할 것 같은 예감이 들었다. 그렇다면 차라리 짧은 메모라도 틈틈이 하여 글을 쓰는 습관을 만들어 보기로 작정했다.

그러나 결국, 일 년간 한 편의 수필도 퇴고를 하지 못했다. 수필이란 아무리 화자의 체험담이 소재라지만 객관적이지 못하고 편견에 치우친 이야기가 자신도 모르게 흘러나오고 있었다. 어느 새 젖어든 타성이 글 속으로 흘러나오고 있었던 것이다. 내 자신을 합리화시키기 위한 변명만을 늘어놓은 결과의 글들이 결국 퇴고를 마치지 못하고 버려지고 있었다. 좁아진 마음의 여유에서 감성이 메말라 있었음을 느낄 수 있었다. 글을 쓰는 일을 멀리하다 보니 역시 감성이 사라졌다. 감성이 사라지다 보니 없는 여유가 더더욱 없어진 것이다. 글을 쓴다는 것은 감성을 찾는 것이다. 감성을 찾는다는 것은 여유를 찾을 수 있다는 것이다. 여유란, 마음이 열리고 열린 마음으로 배려와 의연함을 가질 수 있다고 새삼 자신을 위로해 본다. 요즘 들어 따스해진 봄날의 기운에 편승해서 文香에 젖어 글을 쓰게 되는 정말 멋진 사장이 한 번 되고 싶다.

프로그래머를 꿈꾸는 이에게

내 직업은 컴퓨터 프로그래머다. 30년에 가까운 세월을 컴퓨터 모니터를 보며 살아왔다. 어려서부터 꿈꿨던 직업은 그림을 그리는 화가였다. 하지만 부모님의 기대에 부응하고자 이공계 공대를 선택했다. 컴퓨터 프로그래머라는 직업은 내 스스로가 선택한 직업이었고 내 적성에 맞는 직업인 것만은 확실하다. 다만 최고의 기술을 보여줄 수 없었던 능력에 대해서는 아쉬움을 감출 수 없다.

"생방송을 하듯이"

나의 일상을 한 마디로 표현하는 문구이다. 근무 시간에는 PC 모니터 앞에서, 출장 중에는 휴대폰으로, 24시간 가동되는 인터넷 기반에서는 퇴근 후에도 원활한 유지보수를 위하여 항시 대기 중인 상태가 되어야 하기 때문이다. 전산 장애나 프로그램 에러가 발생하는 경우, 실제 LIVE로 가동되고 있는 데이터를 만져야하는 상황이기에 아무리 급하더라도 신중하고 정확하지 않으면 안 된다. 데이터가 삭제된다거나 10,000,000 숫자가 100,000,000으로 바뀐다면 치명적인 사고가 되는 것이다. 수정이 완료될 때까지 갖게 되는 엄청난 스트레스다. 거래업체에게는 되도록 근무시간에 A/S 받기를 원하지만 잘 지켜지지 않는다. 이렇듯 LIVE 데이터를 키보드에 지닌 채, 하루하루가 긴장감 속에서 生放送을 하고 있는 셈이다. 그러나 이런 긴장 속의 상황이 안타깝긴 해도 싫지는 않다. 이것도 일종의 컴퓨터 프로그래머가 갖는 숙명(宿命)으로 생각한다.

1989년 난 일본어를 전혀 모른 상태에서 일본으로 직장을 옮겼다. 당시 일본에서는 프로그래머라는 직업이 복잡하고 야근 많이 하는 3D 업종으로 일본 젊은이가 기피하는 직업군이 되어 있었다. 이에 부족한 인력 수급을 위해 우리나라 프로그래머를 채용을 하였던 것이다. 20여 년 전 일본이 그랬듯이 우리나라도 이제는 외국인 프로그래머를 채용할 시점에 와 있는 듯하다. 격세지감을 느낀다.

프로그래머가 속하는 IT 업종에도 양극화가 심화되고 있다. 원청과 하청간의 불평등 계약과 인력난으로 영세업자들의 설 땅이 점점 줄어들어 가는 현실이다. 날이 갈수록 발전하는 IT기술을 따라가기 위해 직원 교육과 투자를 해야 하지만 자금력이 충분치 않은 영세업자로써는 능동적이고 적극적인 변화를 가져갈 수 없는 안타까움도 있다. 이런 열악한 환경에서는 좋은 인력이 오래 머물지도 않는 악순환을 반복하고 있다.제3자의 입장에서는 IT업종이 장래성 있는 직업으로 느껴지기에 자식들의 진로에 많은 영향을 끼친다. 실제로 각 대학교 전산과 학생과 이야기를 나누어 보면 본인의 소질보다도 부모의 권유에 의해 전산과에 입학한 학생이 상당수 존재한다. 이렇게 입학한 학생들은 졸업 후 프로그래머가 되는 확률이 낮다. IT업종은 일부를 제외하고는 한 마디로 외화내빈의 업종임에 틀림이 없다. 그래도 프로그래밍이 좋아 프로그래머를 꿈꾸는 이들에게 몇 가지 당부하고 싶은 말이 있다.

첫째, 책임감을 가져 달라는 것이다. 어떤 환경에서도 프로그램 개발 중에 포기하지 말아달라는 당부이다. 내 경험으로는 개발 프로젝트가 당초 설계대로 끝난 적이 한 번도 없었다. 내 경험 뿐만이 아니라 여러 선후배들 이야기를 들어봐도 마찬가지이다. 따라서 자신이 스스로 포기하지 않으면 반드시 프로젝트는 마무리가 된다. 도중하차로 상황을 벗어나려 하는 무책임한 마음가짐은 버려야 할 것이다. 자신의 책임을 통감한다면서 사직으로 프로그램 개발 중에 물러난다는 것은 궤변으로 밖에 들리지 않는다.

둘째, 꾸중 받을 자세가 되어 달라는 것이다. 직장 생활을 하다보면 항시 잘 할 수만은 없다. 이런저런 상황에 따라 잘못을 범할 때도 있다. 잘못을 범했을 때에는 상사나 선배에게 꾸중을 듣게 되는데, 꾸중을 들을 때에는 진정으로 자기반성을 하는 자세가 되어야 한다. 그러나 의외로 꾸중 받을 때의 표정을 보면 오기와 뻔뻔함이 드러나는 표정이 나타나는 직원이 있다. 이는 자기반성이 이루어지지 않기 때문에 드러나는 표정이다.

셋째, 사용자와 긍정적인 토론의 자세를 가져 달라는 것이다. 전산관련 종사자가 계산적이고 외골수적이고 까칠하다는 평이 많다. 나 또한 어느 정도 수긍이 가는 이야기다. 아무래도 컴퓨터 모니터를 바라보며 無言의 작업을 하기에 말 수가 적어지다 보니 외골수로 보일 수도 있다. 그러나 프로그램 complain(프로그램 완성 후 요청 자에 의한 재수정 요구) 과정에서는 서로 간 소통을 많이 해야 마무리가 잘되고 완성된 프로그램의 효율이 올라간다. 1차 프로그램 완성 후 자신의 역할과 책임을 다했다고 자신 스스로가 판단해서는 안 된다. 프로그램의 완성의 판단은 개발자 자신이 아니라 사용자다. 따라서 사용자와 긍정적인 토론의 자세가 필요하다.

넷째, 사용자로 부터 전화를 기피하지 말라는 것이다. 프로그램이 완성되고 사용에 들어가면 사용법에 대한 문의가 온다. 자신이 개발한 프로그램 사용법을 문의하는 데 설명을 기피하거나 귀찮아하는 것을 나는 이해하지 못하겠다. 아예 전화를 받지 않는 개발자도 있는 데, 이는 서비스 정신을 떠나서 자신의 기술에 대해 자부심을 갖지 못하는 불안한 심리의 소유자라고 보여진다.

이상의 네 가지는 프로그래머뿐만이 아니라 또 다른 직업 및 환경에서도 공통적으로 지녀야 할 덕목이기도 하는 데, 프로그래머를 꿈꾸는 이라면 다시 한 번 되새겼으면 하는 바람이다.

넥타이와 정장

　비가 갠 날의 아침 햇살은 언제나 상쾌하다. 풀잎에 맺힌 새벽이슬을 마신 듯한 해맑음이다. 콧노래가 흥얼거려진다. 맞은 편 세탁소 주인도 넥타이 차림으로 책상다리를 한 채 유유자적 담배를 피우고 있다. 그 모습을 보자 유머 한토막이 생각나며 슬며시 미소가 지어진다. '남자의 한 가운데 붙어있어 달려가면 털레털레 흔들리는 게 뭘까?' 정답은 '넥타이' 라고 한다.

　출퇴근길에 마주치는 아파트 상가의 세탁소 주인은 언제나 정장 차림이다. 다리미의 체열이 있기에 간편한 복장을 하는 것이 일반적인데 그는 그렇지가 않다. 처음에는 어색함으로 보였지만 그 모습이 눈에 익으면서 세탁소 주인의 정장 차림이 다정함으로 변해왔다. 그것이 고객에 대한 서비스로 느껴졌기 때문이다. 지금은 세탁소 앞을 지나칠 때 나도 모르게 옷매무새를 가다듬는 버릇과 함께 빙그레 미소를 짓는 여유까지 생겼다.

나는 와이셔츠에 넥타이를 맨 정장 차림을 좋아한다. 아무리 더위가 기승을 부려도 넥타이를 풀고 일을 하는 경우는 별로 없다. 술좌석에서도 마찬가지이다. 그것은 어쩌면 직업의식에서 굳어진 습관 인지도 모른다.

내가 학교를 졸업하고 처음으로 구한 직장은 백화점 전산실이었다. 백화점이라는 서비스 정신에 따라 전 직원이 정장을 하게 되어있다. 나는 전산실 근무였지만 매장 근무자와 똑같은 정장 차림으로 근무를 하게 되었다. 처음으로 넥타이를 매고 일을 하는 어색함에 몇 번이나 매듭을 만지고 거울을 들여다보던 신입 생활이었다. 그러던 것이 이제는 넥타이를 하지 않으면 뭔가 허전한 느낌이 든다.

한때는 넥타이를 맨다는 자체에 강한 불만을 가진 적이 있었다. 바로 맞선을 보는 장소에서였다. 30대 중반이 되어서야 처음으로 맞선이란 것을 보게 되었다. 그때까지 연애는커녕 미팅 한 번 해보지 못한 상태였기에 낯선 여성과 마주보고 이야기를 나눈다는 게 무척 힘이 드는 일이었다. 또한, 경직된 상태에서 유독 나 혼자만 넥타이를 매고 정장 차림을 한다는 게 여간 부끄러운 일이 아니었다. 몇 번의 맞선을 실패하면서부터 나는 넥타이를 매지 않고 자연스럽게 맞선을 봐야겠다는 생각을 가지게 되었다. 주위의 반대를 무릅쓰고 노타이 차림으로 맞선을 보기도 하였는데 역시 실패로 돌아갔다. 실패의 원인 중 하나는 맞선 장소에서의 정장은 기본 예의인데 노타이였다는 것이다. 할 수 없이 다시 넥타이를 매고 선을 보았다.

　어느 정치인이 노타이 차림이라고 국회의원 선서를 못하게 하는 해프닝도 있었지만 나 또한 넥타이를 매지 않아 안절부절못했던 적이 있었다. 아내와 결혼 날짜를 정하고 나서 처가 친척들과의 첫모임이 있었다. 장소는 처형이 사는 대전으로 정하였고 다음날은 계룡산으로 등산이 계획되어 있었다. 아무래도 산까지 올라가려면 양복보다는 편한 차림이 좋을 것 같다는 생각에 캐주얼 복장으로 모임 장소에 나갔다. 그런데 처가 친척 모두 양복과 한복 등 정장을 입고 나타난 것이 아닌가. 지금도 그때를 생각하면 부끄럽기 그지없다.

　지금도 나는 정장을 즐긴다. 그 이유는 캐주얼차림 보다는 정장차림을 하면 상대방이 내 나이를 한 살이라도 더 보아 줄 것 같아서다. 그것은 내가 동안(童顔)이라는 핸디캡이 있어서이다. 사실, 비즈니스를 할 때 상대방이 나에게 실수를 하는 경우가 많다. 나의 실제 나이보다 한참을 아래로 판단해 반 말투로 이야기를 꺼냈다가 내 나이를 알고 나서 미안해 하는 상황을 자주 경험했기 때문이다.

　정장은 착용하는 시간을 줄일 수가 있어서 좋다. 캐주얼은 상하의 조화를 위해 어떻게 입을까를 망설이게 되지만, 정장을 할 때는 와이셔츠에 넥타이만 매면 되기에 착용 과정이 간단해서이다. 아무튼 평상보다는 정장을 하게 되면 적당한 긴장감을 유지할 수가 있어서 좋다. 약간의 긴장감은 정신 집중을 좋게 하고 일의 효율을 올릴 수 있다. 평소 장난기가 많고 공상이 많은 나로서는 캐주얼차림으로 일을 하면 왠지 집중도가 떨어지고 자세가 흐트러질 때가 많다. 이런 흐트러짐을 어느 정도 방지할 수 있는 분위기를 넥타이가 은연중에 만들어주고 있다. 그래서 넥타이를 맨 정장 차림을 더욱 좋아한다. 어쩌면 세탁소 주인 역시 출퇴근이 일정하지 않고 하루 종일 일과 숙식을 같은 장소에서 하다보면 자칫 빠지기 쉬운 매너리즘에서 벗어나기 위해 정장을 하고 있는지도 모르겠다. 오늘 따라 정장을 하고 담배를 피우는 세탁소 주인의 모습이 유달리 다정하고 여유롭게 보인다.

- 제4회 시흥문학제 수필부문 우수작

나의 수필 登壇記

　간밤의 과음으로 약간의 두통을 느끼고 있던 이른 아침에 전화벨이 울린다. 신인상 수필 부문에 응모한 작품이 당선되어 수상 소감을 보내달라는 전화였다. 한 잔의 냉수를 들고서 베란다에 나가 심호흡을 크게 해 보았다. 등단의 관문을 지나 신인 작가가 되었다는 현실이 기쁨에 앞서 책임감이 느껴지는 순간이었다. 文學, 내 젊은 날에 듣기만 하여도 얼마나 가슴 뛰고 흠모하였던 문학이었던가.

　나의 20대 초반은 궁핍함과 절망 속에서 모든 것이 흐느적거리던 시절이었다. 그런 염세적인 어두운 터널 속에서 한줄기 미명(微明)을 발견하였는데 그것이 문학이었다. 이 기간에 씌어졌던 '내일을 향하여'라고 표제가 붙은 낡고 두꺼운 습작 노트가 한 권 있다. 이 노트에는 내 나이 25살인 1984년 3월 12일에 시작하여 1988년 9월 29일까지 4년여의 단상(斷想)이 산문 형식으로 쓰여 있다. 그러나 이 내용을 지금 당장 읽을 수가 없다. 내가 쓰는 글이 밖으로 드러

남을 감추기 위해 당시에 익힌 속기(速記)로 글을 썼는데 지금은 속기를 잊어 버렸기 때문이다. 다시 속기를 복습하면 해독 할 수 있겠지만 신변잡기의 잡문(雜文)에 지나지 않을 것 같아 당분간 해독은 하지 않을 것이다. 다만, 나이 들어 추억을 먹고 살아야 하는 먼 훗날의 숙제로 남겨두고 싶을 뿐이다.

나에게 있어 문학이란 배가 고파야만 이루어지는 것이었을까? 30살이 되던 해에 일본으로 직장을 옮기고부터 생활의 여유가 생기기 시작했다. 그러면서 습작은 멈춰지고 말았다. 이것은 무엇을 의미하는가. 단지 고독감을 잊기 위해 문학을 핑계로 이기적인 글을 썼다는 사실이었던 것이었다. 이런 자학 속에서 한동안 문학은 내게서 그렇게 멀어져가고 있었다.

시간은 흘러갔지만 문학에 대한 흠모의 정은 버릴 수가 없었다. 기쁘면 기쁜 대로, 슬프면 슬픈 대로 내 마음 속에는 항시 가슴 시린 영혼의 허전함이 느껴졌었다. 결국, 문학은 나의 삶과 영혼의 일부로 다시 살아나기 시작했다.

'서른여섯 살 중년 고개를 넘어선 사람의 글' (피천득) 이라는 수필을 마흔이 넘어 정식으로 공부를 하기 시작했다. 인터넷의 발달과 함께 사이버상의 지인들과 교류하며 서로 작품을 감상하기도하고 토론을 하기도 하였다. 맞춤법과 띄어쓰기 공부를 겸하여 몇 권의 수필 이론서도 탐독하였다. 그러나 어느 정도의 수필 이론을 알게 되자 오히려 글쓰기가 두려워졌다.

수필이란, 작가의 체험과 자기 고백적인 글을 원고지 14매 내외의 짧은 글 속에 표현을 해야만 한다는 것이다. 아울러 문학적 향취가 넘치는 간결한 글이어야 하고, 신선한 소재여야하고, 잔잔한 감동이 흐르는 진실한 글을 써야 한다고 한다.

시나 소설처럼 허구적인 연출이 가능한 상태가 아닌, 작가의 체험과 진실만으로 이러한 내용의 글을 쓴다는 건 나로서는 보통 어려운 일이 아니었다. 급기야 습작을 다시 포기할까 하는 상태에까지 이르게 되었다. 그토록 심혈을 기울여 썼지만 다음날 다시 읽어보면 나의 글은 수필이 아닌 잡문이라는 느낌이 들어서였기 때문이었다.

하지만 글 쓰는 데 왕도가 따로 있겠는가. 송나라 구양수가 말한 삼다(三多)인 '많이 읽고, 많이 생각하고, 많이 쓰는 게' 최고라는 생각에 다시금 습작을 하게 되었다. 2년여의 습작기를 거치면서 관조와 통찰의 문학이라는 수필에 나 자신을 불태우고 싶다는 열정을 품게 되었다.

등단이란, '지금 글을 잘 써서가 아니라 잘 쓸 수 있는 기본을 갖추었다는 것을 인정하는 관문' 이라는 문단 선배들의 이야기에 용기와 희망을 갖고 수필 부문에 응모를 하였던 것이다.

수필이론서(박재식)에는 '잘 쓴 수필' 과 '좋은 수필' 의 정의를 다음과 같이 이야기하고 있다. '잘 쓴 수필' 이란 분석적인 음미를 통해 구성과 문장력이 뛰어난 글이고 '좋은 수필' 이란 내용의 질에서

느끼게 되는 감동의 글이라고 한다. '잘 쓴 수필'이 '좋은 수필'이
될 확률이 크기는 하지만 반드시 '좋은 수필'이라고 말 할 수는 없
을 것이다.

나의 습작기 글을 유심히 보면 '좋은 수필'보다는 '잘 쓴 수필'
에 초점을 맞추어 글을 썼던 경향이 짙다. '좋은 수필'은 '잘 쓴 수
필'의 기초 위에 이루어지기에 어느 한 편으로 치우쳐서는 안 되는
것이다. 그렇지만 굳이 어느 한 편을 선택하라고 하면 이제는 '좋은
수필'에 초점을 맞추고 싶다.

나는 앞으로 지적 논리와 깊은 철학적인 내용의 중수필보다도 일
상의 체험을 이야기하는 경수필을 주로 쓸까한다. 좀 더 글의 표현
력을 높이고, 폭넓은 독서로 제반 지식을 넓히며 사물에 대한 통찰
력을 기르는 데 게을리 하지 않을 것이다. 지나친 감상(感傷)을 배
제하여 밝고 은은한 수필을 쓰고 싶다. 거기에 문학적 향취에 젖은
예술품으로서의 '수필'을 썼으면 하는 욕심을 가져본다.

아내는 가끔 이른 새벽에 출근을 할 경우가 있다. 출근 길 자동차
안에서 아내는 언제나 종이커피를 한 잔씩 마신다. 이 때 차 안으로
소리 없이 젖어드는 은은한 커피 향이 그렇게 좋을 수가 없다. 이제
등단의 관문을 지난 나의 글들이, 이런 커피 향처럼 '부드럽고 은은
함'이 배어나는 그런 수필이 되기를 다짐 해본다.

못 지킨 약속

휴일이 되면 아이들과 어김없이 동네를 산책하고 서점에 들러 신간을 둘러보고 아이들은 만화를 읽는다. 마음에 드는 책을 사들고 시민공원으로 발길을 돌리곤 한다. 아이들과 함께 책을 읽다 지루하면 자전거와 전동 오토바이를 타기도 하고 잔디밭에 누워 팔베개를 하여 하늘을 우러러 보기도 한다. 맑고 푸른 하늘에 떠다니는 구름을 쫓다 눈이 시리면 다시 책을 펴 들곤 한다.

점심때가 되면 패스트푸드점에 들러 햄버거 세트와 아이스크림을 사 들고 이 층 창가를 찾는다. 햄버거와 커피를 마시며 유리창 너머로 보이는 휴일의 풍경을 감상하는 일도 즐거운 시간 중의 하나이다.그런데 요즘 아이들과 함께 산책하는 시간이 줄어들고 있다. 집과 사무실이 가까운데다가 회사 일이 바쁘다는 이유로 휴일과 가정과 직장의 구분 없이 생활하고 있기 때문이다. 오늘도 일요일이지만 어머니와 아이들만 남겨둔 채, 아내는 병원으로 나는 회사로 출근을 하였다. 휴일의 산책을 일주일이나 기다린 아이들에게 미안함이 느껴져 사무실에 들어서는 발걸음은 무겁기만 하였다.

점심때였다. 두 아이들이 복도에서부터 아빠를 외치며 사무실로 달려왔다. 찬바람 속에 달려 와서인지 헉헉대는 입김 사이로 두 볼이 빨갛게 물들어 있다. 그 모습이 너무 귀여워 두 아이들에게 차례로 뽀뽀를 해주었다. 큰 아이가 두 손을 올리며 "아빠, 이거요." 하면서 도시락을 건네준다. 어머니가 싸서 보내 준 도시락이다.

보자기를 펼치자 김이 무럭무럭 나는 도시락과 찬이 정성스럽다. 고추장과 간장을 섞어 바른 나로도(羅老島)의 특산물 삼치구이, 알맞게 익은 깍두기, 엊그제 담근 배추김치에 참깨가 적당히 뿌려져 있다. 황제 밥에 황제의 찬인 것이다. 따끈한 밥 한 술을 떠 넣어 한입 씹으려하니 코끝이 시큰해지며 목이 메어왔다. 30년 전 동생들과 함께 아버지에게 도시락 심부름을 하던 어린 시절이 생각나서였다.

어린 시절, 나와 동생들은 저녁시간이 되면 아버지를 기다렸다. 그러나 아버지는 언제나 밤늦게 오셨고 새벽에 집을 나섰다. 아버지에겐 휴일이 거의 없었다. 아버지가 쉬는 날은 비가 오는 날이었다. 그렇기에 비가 오는 휴일이면 방안에서 아버지의 무릎이나 어깨, 등에서 즐거운 시간을 보낼 수가 있었다.

아버지는 건축 공사를 하는 사장이자 목수였다. 일본의 큐우슈우(九州)에서 목공 일을 배워 해방과 함께 고향으로 돌아왔다. 개인

주택을 짓는 일부터 시작하여 조그마한 시골 학교와 관공서의 건축 공사를 도맡아 하셨다.

도회지의 공사장에는 일정 규모가 되면 공사장의 구내식당에서 식사를 해결하지만, 시골의 소규모 공사장에는 모두가 직접 싸온 도시락으로 식사를 한다. 아버지도 명색이 사장이었지만 인근 식당 보다도 도시락으로 식사하는 것을 좋아하셨다. 일요일에는 두 여동 생과 도시락 심부름을 자주 다녔다. 보온 도시락이 없었던 시절인 지라 겨울이면 밥이 식지 않게 하려고 어머니는 몇 겹의 헝겊으로 도시락을 감싸주었다. 도시락은 나에게 들려주고 여동생에겐 주전 자의 숭늉을 건네고는 꼭 한마디씩 덧붙였다. 도시락은 반듯하게 들고 중간에 한 눈 팔지 말고 곧장 아버지에게 갖다 드리라며 엄명 에 가까운 얼굴로 당부하시곤 하였다.

공사장은 멀기도 했다. 도시락도 무거웠고 동생이 들고 가는 주 전자도 무거웠다. 맨손의 막내 여동생도 걷는 속도가 점차 느려졌 다. 손에 힘이 빠지면 도시락은 수평 유지를 못하여 밥과 반찬이 한 쪽으로 쏠렸다. 동생이 든 주전자는 꼭지에 틀어막은 종이 뚜껑이 어디론가 빠져버려 출렁거리는 숭늉의 꼬리는 황톳길을 어지럽히 기도 하였다. 가끔은 다리가 아파 못 걷겠다는 막내 여동생을 달래 다 보면 점심시간에 늦어지는 건 다반사였다. 그렇지만 도시락 심 부름은 언제나 재미있는 일이었다.

넓은 합판 위에 도시락을 펼치면 집에서 자주 먹지 못한 밥과 반찬이 우리를 즐겁게 했다. 거의 쌀밥에 가까운 하얀 밥이 우선 탄성을 지르게 했으며, 계란 무침에 두부 부침, 생선구이, 구운 김, 가끔은 명절 때나 맛보던 잡채까지 보였다. 식사가 시작되면 나와 동생들은 소풍 기분으로 신나게 도시락을 먹었다. 반찬은 골고루 먹으라는 아버지의 경고를 귓등으로 흘리고 그저 맛있는 반찬을 많이 먹는 데 열중했다.

식사가 끝나면 아버지는 우리에게 임시 그네도 만들어 주었고 합판으로 미끄럼틀도 만들어 주었다. 모래와 자갈이 쌓인 곳에서 동생들과 한참을 놀다 보면 아버지가 우리를 부르셨다. 빈 도시락을 건네주면서 우리에게 5월, 10월 용돈을 주시는 것이다. 우리는 그 용돈을 받고서 단숨에 집으로 돌아와 빈 도시락은 현관 근처에 내팽개친 채 구멍가게로 달려가곤 했다. 아버지는 휴일이 거의 없었기에 가족과 외식이나 여행 한 번 떠나보지 못했다. 그래서인지 가끔은 서울에 한 번 가보고 싶다는 이야기도 하였다. 언젠가 아버지는 어머니에게 이렇게 이야기하였다고 한다.

"이렇게 평생토록 일을 하여 언제나 자식들 덕을 한 번 볼까." 하고……

나는 사회에 나가면 부모님을 서울 구경도 시켜 드리고 편히 모시려는 굳은 다짐하기를 수차례였다. 그러나 그 다짐은 결국 물거품이 되고 말았다. 내가 고등학교를 졸업하던 해에 아버지는 7개월의 투병생활 끝에 58세의 일기로 세상을 등지고 말았기 때문이다.

30여 년의 세월이 흐른 오늘, 아이들이 가져온 도시락을 먹으며 아버지를 떠올리게 된 것은 어인 일일까. 휴일 없이 오직 일만을 하셨던 아버지의 아쉬움을 지금의 내가 또 반복 하고 있다. 가족의 미래를 위한 노동이지만 아이들과 유년의 추억을 함께하지 못한 채 건강을 잃었던 아버지의 아쉬움을 반복하고 싶지 않다.

오늘은 만사 제쳐놓고 아내의 퇴근 시간에 맞춰서 아이들과 함께 휴식 삼아 시내 구경이라도 가야겠다.

- 2003년 대한문학 가을호 수필부문 등단작 -

epilogue

첫 수필집 잉크 냄새를 맡는 순간 또 얼마나 후회를 할지 모르겠다. 결코 겸손의 이야기가 아니다.

작품을 준비하면서 몇 번이고 첫 수필집을 낸다는 것이 시기상조임을 느꼈다. 주제는 정해놓았지만 수필이라는 장르에 맞게 글을 풀어내려니 아직 문학이라는 내공이 부족함을 느껴서다.

수필가는 대체적으로 한 편의 수필을 퇴고하면서 수필이라는 정의에 갇혀 한시도 마음 편하게 글을 쓰지 못한다.

수필이란, '신변잡기식의 자기과시나 훈계성이 없고, 진정성이 우러나오는 은은한 향기가 풍기는 문학성을 갖춰야한다.' 라는 정의가 신학기 학생들의 교복광고처럼, '멋있고 실용적이며, 편하면서 질이 좋고 값이 싼 교복' 의 정의처럼 어렵게만 느껴서였다

탈고 전까지는 내 스스로 사서 고생 하고 있다는 생각이 들었지만 막상 탈고를 하고나니 이제는 글 쓰는 자세가 갖추진 것 같다. 나아가 올림픽과 월드컵이 열리는 해에는 또 다른 수필집을 출간 할

수 있도록 차곡차곡 수필을 써 나가야겠다.

아무튼 늦었지만 내 자신과의 약속, 출판사와의 약속을 지켰다. 그리고 틈틈이 글을 쓰는 순간에는 최선을 다했다. 숙제를 마친 기분처럼 홀가분하다.

졸작을 읽게 되는 독자에겐 명작이 아니더라도 바삐 사는 세상살이에서 잠시 호흡을 멈추고 내가 사는 이야기에서 잔잔한 추억과 공감을 얻을 수 있다면 수필가로서 이보다 더 큰 행복은 없을 듯하다. 책을 읽는 멋진 독자 여러분의 행복을 소망해 본다.

2014년 1월

김영배